Iole Virone

BEATRICE TORREBIANCO

Storia di una donna siciliana

In copertina:
Foto privata

*Ai miei figli e ai miei nipoti
che hanno dato uno scopo
e un significato alla mia vita.*

*A mia madre che, idealmente, dall'aldilà,
mi ha suggerito di utilizzare la sua immagine
per delineare e personalizzare la figura
della protagonista,
con la quale non ha nulla in comune,
se non il portamento fiero e la fermezza
di carattere
uniti a una dolcezza ineguagliabile nei gesti e nelle
azioni.*

Sono felicissimo di possedere
nell'anima intera e nitida,
la grandiosa, bella e ineguagliabile
immagine della Sicilia.
J. W. Goethe

PARTE PRIMA

I

Un giorno di fine ottobre è giunto al suo termine e l'oscurità prende il sopravvento sulle ombre in chiaro-scuro, deliziate da una luna che naviga languida e assonnata dietro nuvole grigie facendo ogni tanto capolino, tra una nube e l'altra, come se giocasse a nascondino.

I respiri galeotti della sera cercano di suscitare, quasi con violenza, nell'animo degli uomini guizzi di sentimenti alternanti con la complicità della tenebra silenziosa e sottile dietro la quale si nascondono i disegni perversi o si rifugiano timorosi i pensieri degli esseri umani.

Ma nella fattoria di Beatrice Torrebianco nessun animo di poeta coglie quest'invito suadente e sensuale che si respira intorno: tormenti e inquietudini aleggiano nell'aria, cuori che si cercano e si respingono, sguardi che sfuggono, angosce che lacerano gli animi, abissi in cui annegare il cuore e l'anima. Sembra il preludio di una tragedia, ma solo il tenue profumo del gelsomino si spande nell'aria, in apparenza distesa e serena.

Le voci si smorzano, i fruscii della campagna si affievoliscono: è il momento della tregua o dell'attacco, non c'è via di mezzo; è il mondo rude e deciso della vita rurale, con le sue regole e i suoi segreti.

Una tensione senza nome si è impadronita di Beatrice, subito dopo aver messo a letto Luigi e Caterina, i due figli minori di 12 e 10 anni.

È una donna ancora piacente di poco più di quarant'anni, dal corpo appesantito dalle maternità, ma asciutto ed elastico per essere stato sottoposto ai continui movimenti di un lavoro non sempre adatto a un fisico femminile. I lineamenti del viso sono morbidi e quasi delicati, lo sguardo però è fermo e deciso di chi è avvezzo a prendere decisioni impegnative e ad assumersi responsabilità gravose di una famiglia e di una proprietà da gestire con fermezza, oculatezza e capacità.

La stanchezza traspare da ogni suo gesto e i grandi occhi neri tradiscono un'inquietudine inusuale e improvvisa che trascende i problemi quotidiani materiali e personali.

Si accosta alla finestra e scosta la tendina. La fioca luce di una lanterna all'acetilene, appesa all'angolo della casa, getta ombre sinistre sul castagno sotto il quale un bulldog tedesco dorme disteso, sazio e tranquillo. Nessuna sagoma umana si staglia sotto il debole chiarore della lucerna.

Sicuramente Teresa, pensa alla figlia diciottenne, si trova ancora in cucina a lavare le stoviglie e i piatti utilizzati per la cena o a riordinare; mentre Antonio, il primogenito, avrà di già ispezionato le stalle e si attarda a ripulire lo scomparto dello stallone che dovrebbe partecipare a una gara organizzata dalla provincia e alla quale il giovane tiene tantissimo.

Le pecore, già tosate in primavera e non ancora ricoperte del tutto del loro vello, si addossano l'una all'altra nel recinto di canne e pali di legno, più per comportamento naturale che per cercare calore, e le galline ruspanti, appollaiate sui trespoli di ferro nella baracca di legno, già dormono da tempo col capo ripiegato tra le penne di un'ala.

Tutto tace.

Ma allora, cos'è quest'ansia che l'ha presa all'improvviso? Nulla di strano ha interrotto il tran tran del lavoro quotidiano e Liborio, il marito, le ha consegnato il rendiconto della vendita dei due puledri e l'incasso soddisfacente delle ultime casse di ortaggi vendute al consorzio, mentre lei ha curato la raccolta dei frutti autunnali che sono stati già deposti nell'apposito freddo locale sotto a *pagghialora*, ricavato da una caverna già esistente, un tempo rifugio di ricercati e briganti, per resistere il più a lungo possibile alla maturazione.

Un fruscìo la fa sobbalzare: certamente è Liborio che rientra e striscia gli scarponi chiodati sul pavimento, e ciò la manda in bestia, per averglielo ricordato più volte che si rovinano i mattoni di creta già logori e in parte scheggiati per il lungo uso.

Un'ombra furtiva rasenta il muro esterno d' 'a *pagghialora* e sfiora con le spalle le pietre irregolari della costruzione, schivando intenzionalmente il debole fascio di luce prodotto dalla lucerna.

Beatrice sbircia di nuovo la poca area del cortile che si intravvede dalla finestra, ma tutto sembra tranquillo.

Qualcosa però spezza l'apparente serenità di quel grande cuore pulsante che si ferma all'improvviso: il colpo di fucile è talmente secco e assordante da non lasciare neanche una scia dietro di sé e provoca in un primo momento un silenzio assoluto, come se l'aria stessa trattenesse il respiro sbigottita, mentre l'ombra di poco prima si affloscia senza un lamento sulle dure pietre del cortile; poi, in un tutt'uno, l'abbaiare del cane, il trambusto giù alla porta d'ingresso, lo scalpiccìo concitato di passi frettolosi e altri rumori indistinti...

Beatrice non ha la forza di muovere un muscolo del corpo, solo i battiti del cuore accelerano all'impazzata martellandole il petto.

Si distrae al pianto improvviso di Caterina, spaventata dal colpo che ha interrotto bruscamente il suo sonno. La madre le si accosta e cerca di acquietare i suoi singhiozzi.

«Sta' quieta gioia, un jè nenti, sicuru un cacciatore...»

Delle grida provenienti da fuori la fanno rabbrividire e, in preda all'agitazione, corre all'aperto, consapevole che l'angoscia senza nome che l'ha oppressa qualche minuto prima ha avuto la sua fondatezza.

La sua piccola donna, il suo sostegno, la sua gioia infinita riversa a terra, come un bellissimo pupazzo a cui sono stati tolti i fili di sostegno e nello stesso tempo un mucchietto di vestiti scomposti alla rinfusa: Teresa.

«È morta...» una voce sussurra alle sue spalle.

Beatrice vi si butta addosso con nelle narici ancora il profumo del suo corpo acerbo, delle sue mani odorose di sapone, dei suoi capelli lavati di fresco...

Si rialza di scatto, impotente, si volge intorno come per cercare qualcuno, ma lo sguardo è vacuo, inespressivo, ancora lontano dalla realtà assurda e illogica che le sta di fronte.

Richiamato dal colpo d'arma da fuoco e dal frastuono si materializza accanto alla moglie Liborio che, livido in volto, sgrana gli occhi incredulo e si copre la bocca con la mano per non urlare.

Da dietro la siepe che delimita lo spiazzo antistante il caseggiato dal frutteto, si erge lentamente, quasi a voler rendersi conto poco alla volta dell'accaduto, con lo sguardo allucinato e attonito di un fanciullo atterrito, il giovane Antonio, imbracciando ancora il fucile.

«Sbagghiaiu mamà... sbagghiaiu!» prima mormora sottovoce come a sé stesso, poi grida disperato, sopraggiunto dinanzi al corpo inerte della sorella raggomitolato a terra, e lascia cadere con un tonfo l'arma ancora stretta tra le dita, come preso da un senso di ripugnanza.

Non ha il coraggio di fronteggiare la madre e con gli occhi bassi riprende angosciato:

«Idda no! Idda no!... no... no...» si porta le mani alla testa scrollandola nel vano tentativo di cancellare quell'allucinazione che gli fa impazzire il cervello.

Beatrice sembra non vedere né ascoltare: immobile come una statua di pietra. Dopo, presa da un impeto di disperazione, rabbia, impotenza, dal fuoco che brucia ogni fibra del suo essere, *jetta i vuci* con le braccia rivolte verso il cielo scuro e nemico, senza chiedere e senza maledire; infine, si piega in avanti, si inginocchia rannicchiandosi accanto al corpo adorato ancora caldo e morbido, quasi rimpicciolito, e lo avvolge teneramente con il braccio, come tante volte lo ha protetto dalle intemperie e dalle paure adolescenziali, incurante del sangue che le imbratta il petto, accosta il viso a quello coperto dai capelli umidi della sua creatura.

E se ne rimane così, non avendo né la forza né l'animo di puntare i suoi occhi furenti e disperati verso il figlio; teme che gli facciano silenziosamente la domanda difficile, assurda e senza senso congelata sulle sue labbra: perché?

II

Il paese non era uscito indenne dalla guerra (la seconda), aveva pagato il suo tributo in vite umane, in distruzione, in miseria profonda, ma anche in coraggio, in altruismo, in abnegazione.

Alcuni erano emigrati in Belgio e Francia, ritenute le mete più ambite, altri, in seguito, in Germania; ma in molti rimasero in paese a ricostruire, con l'aiuto dello Stato, le loro case e ad adattare i campi a più moderne coltivazioni accanto a quelle tradizionali, per venire incontro alle nuove esigenze di una popolazione molto provata che voleva guardare avanti e andare di pari passo coi tempi e dimenticare le brutture vissute precedentemente e condivise.

Il lavoro cominciò a intensificarsi e l'agricoltura, prima abbandonata, recuperò il suo ruolo di forza trainante della modesta econonomia locale.

Si formarono diverse cooperative che diedero vigore e sostentamento a tanta povera gente.

Il feudo del principe di Scordia di Palermo fu diviso in lotti e dati in enfiteusi ai soci della cooperativa Maria SS. della Stella; i quali ogni anno pagavano in natura, con grano prodotto dai terreni, il canone enfiteutico.

A Giovanni e Beatrice, sposati da un solo anno e già genitori del primogenito Antonio, fu assegnato un vasto lotto considerando la loro giovane famiglia ancora in crescita.

I due non si risparmiarono né di fatiche né di rinunce né di sacrifici: giovani, entusiasti, ambiziosi; due destini fusi così bene da formarne uno solo, ricco di aspettative, di sogni, di fede nel futuro e in se stessi, ma soprattutto d'amore, anche se mai nessuno dei due pronunciò le due mitiche parole: ti amo.

*****

Si erano conosciuti tre anni addietro a una vendemmia; lei era la figlia del soprastante della vasta tenuta dei Fioribello, una famiglia benestante che viveva del vino prodotto dalle varie pregiate uve ed esportato anche all'estero. L'esteso vigneto ogni anno si rallegrava della presenza di tanta gioventù stagionale e di mille canti folkloristici.

Giovanni era stato uno di questi, di cinque anni più avanti di Beatrice, e si presentava, oltre che di bell'aspetto, anche serio e istruito, quasi un letterato, secondo l'ingenuo giudizio della fanciulla, poiché, nei momenti di pausa, si isolava dagli altri e si sedeva per terra sotto un albero, usciva fuori dal tascapane un libro sgualcito con le punte arrotolate che deformavano la copertina, lo apriva alla pagina piegata a mo' di segnalibro e si immergeva nella lettura.

Beatrice, in un primo tempo, si limitava ad osservarlo curiosa da lontano, poi, un giorno, fattasi coraggio, lo raggiunse e, senza proferire parola né un saluto, gli si sedette accanto. E così continuò per tutto il periodo della vendemmia: gli si accomodava a fianco sfiorando col braccio la sua spalla mentre, come a un segnale, il giovane dopo un attimo di esi-

tazione (per darle modo di sistemarsi comodamente), riprendeva la lettura; però a voce
alta, per coinvolgerla, interessarla a una vicenda non reale ma avvincente o a situazioni
storiche intrise di tradimenti, di amori tragici,
di violenze. E la ragazza, cullata da quella
voce maschile ora chiara e cristallina come
quella di un fanciullo ora appassionata come
quella di un amante ora coinvolgente come
quella di un teatrante, cominciava a sentirsi
attratta da questo giovane che non amava i
sollazzi e le risate sguaiate dei compagni, e si
sorprese a provare un'attrazione che andava al
di là di una semplice simpatia, un senso di ri-
lassatezza che il suo carattere aperto e spen-
sierato non le aveva mai permesso di provare,
mentre le sue intemperanze apparivano smor-
zate e disarmate dinanzi ai battiti disordinati
del suo cuore, senza essere in grado di dare un
nome al fenomeno fino ad ora a lei scono-
sciuto.

Contagiata dalla maturità del giovane e af-
fascinata dalla sua serietà nonché dal suo
sguardo tenero e protettivo quando si posava
su di lei, Beatrice si chiese sgomenta: era forse

questo l'amore? Quello che Giovanni le leggeva su quei libri dalle copertine sudice ma dalle pagine appassionate e intriganti?

«Sai che porti un nome importante?» le disse il giovane una volta.

Lei rimase perplessa. Non capiva.

Aveva un nome che gli altri, uomini e donne di campagna, storpiavano in Bega... o addirittura in Baga..., rendendolo rude e pesante per una ragazzina e lo aveva quasi odiato quel nome, che sentiva come un peso, una palla di piombo al piede. Neanche a sua madre era piaciuto, ma il padre si era incaponito perché era il nome di sua madre, importante o no.

«Conosci Dante?» le chiese sfogliando incurante il libro che teneva in mano.

La ragazza si sentì in imbarazzo per la sua ignoranza; aveva capito subito che non si trattava di un conoscente né di una persona comune e il suo cervello si frastornava alla ricerca di una risposta confacente, consapevole che, pur avendo conseguito la licenza elementare, non era in grado nettamente di competere con lui.

«No, un 'u canusciu», e arrossì.

Lui accennò a un sorriso e le prese la mano, e senza lasciargliela andare la strinse debolmente.

«Sta' tranquilla, un su' tutti chi 'u canusciunu! Beatrice era la donna amata di 'stu grande poeta, che gli fece da guida dintra 'u Paradisu. Qualche volta 'u liggimmu, ora si torna 'o travagghiu. La pausa è finita.»

«Ma jera daveru 'u Paradisu?» si lasciò sfuggire incredula la ragazza, mentre si alzavano da terra e Giovanni la teneva ancora per mano.

Il ragazzo la guardò con tenerezza e sorrise disarmato dinanzi alla sua ingenuità.

«Jè tutta 'na storia immaginaria, ma jè 'a poesia che ti trasi dintra 'u cori!» e capì che sotto quella scorza di ragazza spregiudicata e ribelle si nascondeva un'anima candida e sincera e soprattutto sensibile.

Un'idea folle gli attraversò la mente: la ragazza era nelle sue corde, cioè gli piaceva ogni giorno di più. Accanto a lei il petto sembrava battergli come un tamburo e il desiderio di proteggerla e averla a fianco cresceva mano a mano che i giorni passavano.

La vendemmia stava per terminare, avrebbe avuto il coraggio di parlare col padre? Aveva ventidue anni e possedeva un gruzzoletto non disprezzabile, accumulato attraverso lavori vari e stagionali di diversi anni e maturava dentro di sé dei progetti che avrebbe potuto realizzare meglio se avesse avuto accanto una compagna volitiva e risoluta, eppure così dolce, come Beatrice.

«La poesia jè cchiù 'mportanti dell'intreccio» riprese, distogliendo lo sguardo dal volto di lei per non tradire i pensieri che gli avevano attraversato la mente.

Trascorsero gli ultimi giorni di vendemmia quasi con frenesia, erano inseparabili anche durante il lavoro, consci entrambi che qualcosa di profondo e di importante iniziava a legarli, a prescindere dalla curiosità, dall'attrazione e dalle galeotte romantiche letture.

«Sei d'accordo si parru ccu tò pa'?» le chiese il giovane l'ultimo giorno di permanenza in quella tenuta.

Beatrice fece di si con la testa, avendo un nodo alla gola che le impediva di parlare per la partenza imminente di Giovanni.

Il soprastante aveva di già notato la simpatia crescente tra i due giovani e pensava che finito l'impegno lavorativo del giovane tutto sarebbe tornato alla normalità. Sua figlia era troppo giovane per assumersi una responsabilità così importante, e poi, era l'unica gioia che gli fosse rimasta nella vita e non la avrebbe di certo data al primo venuto.

Ma quando vide i volti dei due giovani presentatisi dinanzi a lui, ebbe un tuffo al cuore: avrebbe perduto sua figlia. Era solo questione di tempo. Tossì per celare l'emozione e per prendere tempo prima di rispondere alla richiesta di Giovanni.

«Ne parleremo, come minimo, fra du' anni... Beatrice havi ancora diciassett'anni, un jè pronta. Accussì vi canusciti e si su' fiori fioriranno. J un haju premura di maritalla. Tu si' un bravu picciuttu, laborioso e onesto, s''a vo' bbeni, aspettala.»

E Giovanni aspettò.

Quando furono finalmente marito e moglie, Beatrice già conosceva tutta la storia dell'amore tragico di Giulietta e Romeo, le tribolazioni di Renzo e Lucia prima di potersi sposare nonché l'amore platonico e infelice di Dante e il suo immaginario viaggio nell'al-dilà.

III

Per un lungo periodo fecero la spola dal centro abitato, ospiti della madre di Giovanni, alla contrada Polino, dove era situato il loro appezzamento di terra. Antonio, nato un anno dopo le nozze, rimaneva con la nonna e lo zio Liborio, ancora ragazzo, e loro, *ccu i setti matinati* si recavano al podere dove, oltre al grano, coltivavano un orticello, irrigato con le acque di un canalone, costruito tempo addietro quando la terra faceva parte del feudo del principe, per convogliare e distribuire le acque piovane sulle coltivazioni.

Giovanni andava a vendere al mercato dei paesi limitrofi i prodotti molto graditi e richiesti per la loro genuinità e grande bontà.

Un vecchio amico del padre di Beatrice aveva loro donato un carretto un po' malandato, ma che Giovanni aveva rimesso in sesto e avevano acquistato alla fiera, allestita al largo Canale, una mula efficiente e robusta, per potersi spostare con più facilità.

Per alcuni mesi, dopo la nascita di Antonio, Beatrice non accompagnò al lavoro il marito, perché doveva allattare il bambino. Giovanni si sentiva smarrito, abituato alla sua costante e operosa presenza e alle sue battute di spirito che gli tenevano su il morale, se ce ne fosse stato di bisogno; mentre la moglie, chiusa fra quattro mura fremeva nell'impossibilità di raggiungerlo; in compenso, però, cominciava a fraternizzare con la famiglia di Giovanni, specialmente col giovanissimo Liborio che trascorreva molto tempo accanto al piccolo Antonio.

Finalmente svezzò il bambino, che fu nutrito in seguito col latte di capra che il capraio mungeva proprio dinanzi alla porta di casa, poiché girava per le strade con quattro o cinque capre per distribuire il latte ai clienti.

E Beatrice volò fra le braccia del marito e della sua terra.

«Bea, mi sei mancata assai! Anche i broccoli senza di tia n'un hanu vulutu crisciri!»

«Ora sugnu ccà, ppi tia e pp'i brucculi!»

Queste erano le frasi d'amore che si scambiavano, il bisogno che scaturiva spontaneo dal loro cuore di stare a fianco per completarsi a vicenda.

Il loro primo rifugio fu un *pagghiaru*, costruito con tronchi d'albero, canne e frasche, dove si rifugiavano quando il sole picchiava inesorabile e le spighe arse alzavano diritte e superbe le loro esili braccia al cielo che, coadiuvato dalla terra, le aveva nutrito e coccolato fino alla loro dimensione definitiva; oppure, quando la pioggia e il freddo intorpidivano le loro membra e rannicchiati sulla paglia, Giovanni le leggeva, già letta più volte, la scena del risveglio di Giulietta e la sua disperazione nel vedere Romeo giacere morto, con la boccetta di veleno ancora in mano:

"... cos'è questa? una tazza stretta nella mano dell'amor mio? Il veleno ti ha dato questa morte prematura! ... Oh egoista! L'hai bevuto tutto e non ne hai lasciato neppure una goccia amica per me ... bacerò le tue labbra, forse vi indugia ancora qualche poco di veleno... e basterà a darmi una morte consolatrice. Ah, le tue labbra son calde! ..."

La voce avvincente del marito la rilassava, mentre stretta al suo fianco avvertiva i suoi muscoli tesi che quasi la sovrastavano e l'alito caldo di lui le scaldava il viso mentre mormorava le ultime parole di quell'amante infelice.

E pensava rabbrividendo che se fosse venuto a mancare Giovanni, avrebbe voluto fare la fine di Giulietta, perché non sarebbe stata vita la sua senza la presenza del marito.

Lei si sentiva una donna fortunata. Giovanni, oltre ad essere un gran lavoratore, era un animo sensibile e onesto, appassionato e tenero. Nei periodi di duro lavoro, che condividevano equamente, quando il sole bruciava la terra, rendendola dura al vomere dell'aratro e irrigidiva la schiena dei lavoratori, egli la guardava con premura malcelata e la invitava, con voce normale ma risoluta, a interrompere il lavoro.

«Ora riposiamoci tanticchia! 'Na porzioni di fuata e un muccuni di vinu e siamo a posto», abbandonava gli attrezzi sul terreno, la prendeva per mano e la conduceva nel pagliaio.

Beatrice lo seguiva docilmente, consapevole che il marito lo faceva per lei, senza urtare la sua suscettibilità, notando la sua stanchezza e il sudore che le scendeva a rivoli lungo le guance.

E fu proprio in una di quelle occasioni di intermezzo che concepirono la secondogenita, Teresa: la figlia che Beatrice accolse con particolare trasporto, ma con una preoccupazione in più.

«Bea mia, ce la faremo» la rassicurava Giovanni. «I figghi su' grazia d''u Signuri e nuatri siamo in due, e fra non molto saremo indipendenti, sta sicura!»

La sua calma e la sicurezza che manifestava la contagiavano.

«Si Giovà, j vugghiu sulu un tetto dove crescere i mà figghi senza l'ansietà del futuro. E poi, basta che ci sei tu e ppi mia va beni accussì.»

Il marito la cingeva col braccio amorevolmente e a ogni attimo di tenerezza ripeteva a sé stesso il giuramento fatto dinanzi all'altare il giorno del matrimonio: l'avrebbe protetta a qualunque costo senza stancarsi mai e avrebbe cercato con tutte le sue forze di non deluderla in alcun modo.

IV

Il loro sogno sembrava essersi realizzato quando, attraverso l'applicazione della legge stralcio n. 841 del 21.10.1950 "L'ESPROPRIAZIONE, LA BONIFICA E LA TRASFORMAZIONE DEI TERRENI DA ASSEGNARE AI CONTADINI", varata dal Parlamento italiano, tramite l'esproprio coatto del feudo, avvenne la distribuzione delle terre ai braccianti agricoli, che già le avevano in affitto, con lo scopo di renderli piccoli imprenditori e non più semplici agricoltori.

Così Giovanni e Beatrice divennero gli effettivi proprietari del lotto di terra a loro già assegnato.

I risparmi accumulati e l'aiuto della banca di credito siciliano permisero ai due giovani di prendere a piene mani la loro vita realizzando, poco alla volta, il sogno di quella fattoria tanto agognata e considerata da loro stessi quasi un miraggio, ma che li aveva aiutato e spronato a non demordere.

Giovanni però riconosceva che la sua forza aveva un solo nome: Beatrice, la sua compagna volitiva, coraggiosa, complice … innamorata.

«Bea, senza di tia non sarei arrivato ccà. Grazie di essere sempre d'accordo ccu mia in ogni decisione… e in ogni fatica…» le sfiorò le labbra in un fuggevole bacio e arrossì come se avesse osato tanto.

«Dante 'a ringraziò Beatrice?» chiese di rimando con un sorriso sbarazzino la moglie «J sugnu però cchiù furtunata di lei, ti ho tutto per me, in carne e ossa.»

Inconsapevolmente avevano conservato tutti e due l'entusiasmo e la freschezza della prima giovinezza, un'affinità che non si nutriva di parole o frasi fatte, ma di un sentimento e di una condivisione così profondi da avere raggiunto un'unica visione e un'unica prospettiva di vita.

Dopo un lungo periodo, in cui avevano realizzato con successo i loro progetti e quindi progredito nella produzione e nei guadagni, nacque Luigi: una paffuta ciliegina sulla torta che trovò il suo lettino già pronto e i fratelli ansiosi di conoscerlo. Così la casa costruita sull'altura dominante i dolci pendii colorati di giovanissimi ulivi e frutteti si era allargata di un altro confortevole ambiente, poiché, aumentando i membri della famiglia, era fissa di Giovanni di ingrandire pure la dimora. Aveva infatti ampliato, aggiungendo un ambiente alla volta, il caseggiato che ora li ospitava accogliente e protettivo.

Anche il modesto allevamento di mucche da latte era aumentato di due capi alla volta, ed esse continuavano a dare latte abbondante da utilizzare per formaggio primosale e stagionato e ricotta che le drogherie del paese si contendevano per la gradevolezza dei sapori e la cura dell'igiene dell'ambiente in cui venivano preparati.

Il loro primo salariato fisso fu un ex pastore, Pietro, che sollevò Giovanni dal peso di mungere le mucche a prima mattina e di condurle al pascolo insieme alle poche pecore allevate per gli agnellini che erano molto richiesti dai macellai.

Ora che il lavoro si era allentato, dopo aver accompagnato in calesse Antonio e Teresa, ormai in età scolare, alla scuola sussidiaria aperta proprio nella stessa contrada, poco distante dalla fattoria, per i bambini e i ragazzi risiedenti nelle campagne e nelle cascine vicine, Beatrice si prendeva il lusso di concedere un breve spazio a sé stessa.

Dinanzi allo specchio di una toilette di faggio, realizzata da Giovanni, mentre pettinava i lunghi capelli corvini, prima di sistemarli a chignon sulla nuca, soffermava lo sguardo sul viso non ancora maturo per l'età, ma segnato da piccolissime rughe appena accennate, testimoni di molte privazioni, fatiche e disagi, mentre la linea marcata sulla fronte denotava la rudezza della vita condotta in passato e le responsabilità di ogni genere che condivideva tuttora con Giovanni. Si trastullò come per gioco a rigirarsi le mani dinanzi al volto, mani indurite più da contadina che da signora, ma tenere e delicate quando accarezzavano i suoi figli e le fragili piantine ancora in germoglio e agili e morbide insinuarsi fra le ciocche arrendevoli dei suoi capelli. Ma gli occhi … due "fuochi accesi" li definiva Giovanni quando era in vena di complimenti. L'immagine che lo specchio le rimandava era di suo gradimento; si piaceva, sì, si piaceva; non si riteneva bella, per lei era una parola grossa, ma conservava ancora la luce spensierata di ragazza, soddisfatta, orgogliosa e consapevole delle sue potenzialità anche fisiche, della sua sensualità non dirompente ma visibile, e Giovanni la faceva sentire unica al mondo.

Ma era stato proprio lui l'artefice della sua trasformazione, della sua crescita umana, mentale e, perché no? anche culturale, poiché l'aveva coinvolta non solo nella consapevolezza che i frutti migliori della vita si raccolgono attraverso fatiche e sacrifici, ma le aveva aperto un mondo, tutto nuovo per lei, di sentimenti, caratteri, avvenimenti che l'avevano affinata nei pensieri e nel linguaggio. Grazie a Giovanni era diventata una donna completa: da un diamante grezzo era venuto fuori un gioiello prezioso.

Alla nascita della loro quarta figlia, Caterina, faticarono non poco a constatare che stavano insieme da ben tredici anni!

Il tempo era stato clemente con loro e pro-
digo di benefici, scandito da quelle quattro
tappe fondamentali, che avevano impreziosito
il loro cammino a due.

Ancora a letto, con la bambina attaccata al
seno florido e turgido, Beatrice, rivolta al marito, l'ammonì ironicamente:

«Ora puoi calmare i tò bollenti spiriti, ma-
ritino mio, simmu al completo. E un vugghiu
neanche costruire altre stanze!»

Giovanni fece una smorfia di disappunto
simulandosi offeso e fingendo di non cogliere
l'affettuosa ironia della moglie.

V

Durante la mattinata, mentre Pietro, il suo salariato, puliva la stalla, Giovanni preparava un secchio di carrube, spezzandole in dimensioni ridotte e disseminandole a larghe bracciate sull'erba dell'area su cui pascolavano le mucche.

Una parte del latte munto aspettava in un ampio paiolo riposto nel piccolo e angusto ambiente, però ben tenuto, ricavato da un lato spigoloso e sporgente della stalla.

Dopo essersi ripulito mani e braccia, Pietro si sedette di fronte al calderone pieno di latte caldo e lentamente con la *rutula*, lungo bastone di mandorlo amaro, tenendola con tutte e due le mani, si mise a girare e rigirare il latte, impreziosito del caglio necessario. Beatrice, nel mentre, sistemava su una sporgenza lungo l'estensione del muro, a mo' di *ticchiena*, le *fascedde* di giunco in cui riporre la ricotta o il formaggio.

La routine di ogni giorno.

Le ore di luce erano volate in un baleno. Marito e moglie, date le mansioni diverse, non avevano avuto modo di stare insieme né di parlarsi confidenzialmente, tranne frasi volanti, come «Unna mintisti 'a rafia?» oppure «Beatrì, tini luntanu i carusi, pirchì calpestano le piantine!» e simili.

A sera, come quasi ogni sera, finalmente potevano stare seduti sotto 'a 'ppinnata su una dondola ricavata da una antica *naca* di legno, trovata nel solaio della casa di famiglia di Giovanni e da lui riadattata, con delle aggiunte, a comoda dondola che di giorno era il trastullo dei due figli più piccoli per giocare e dondolarsi, e di sera serviva a far riposare le membra spossate dei due coniugi in momenti intimi e tutti per loro, mentre i ragazzi si trovavano di già a letto.

Erano le occasioni in cui potevano rilassarsi e godere l'uno della vicinanza dell'altra, nella quiete della campagna, rotta solo da qualche grillo solitario che intonava il suo cricri alle ranocchie che rispondevano col loro loquace gracidare, saltellando impavide all'imboccatura del canalone.

«Dumani provo il nuovo trattore» la informò il marito mentre lei sonnecchiava con la testa appoggiata alla spalliera, «risparmieremo tempo e 'u travagghiu risulterà più efficace e più facile che col vecchio.»

«Sta' attento, Giovà. Fallo portare prima a Pietro, tu non l'hai mai guidato n'armali accussì ranni!»

«Secunnu tia un picuraru jè cchiù bravu di mia?» rispose risentito Giovanni. Poi, con tono più accomodante riprese:

«Da quanto in qua non hai più fiducia nel tuo vecchio marito?»

«Hai detto bene: vecchio. Un si' cchiù un picciuttu, ti devi garantire la salute per quelle quattro bocche innocenti da sfamare. C'è Pitru, ci su' i du' jurnatari... i lavori pesanti ora risparmiateli!»

«Sai bene che non farebbero il lavoro esatto come 'u facissi j» si volse dalla sua parte e le poggiò la mano su una coscia. Quelle schermaglie con la moglie gli stuzzicavano l'appetito, l'appetito di lei, ancora

inalterato dopo anni di convivenza e di condivisione.

«Sissi mamà» continuò scherzando «però
dumani 'u tratturi lo provo io. Poi si vedrà!»

Se Beatrice avesse intuito che quella sera
idilliaca, quell'armonia con la natura complice attorno a due cuori appagati, sarebbe
stata l'ultima, avrebbe dato con gioia alla vita
ogni cosa che avevano duramente costruito in
tutti quegli anni e ritornare al giorno in cui per
la prima volta aveva sentito la sua calda voce
leggere storie tragiche e fantastiche e aveva
visto le sue mani robuste, ma piene di tatto,
aprire con cura il suo libro sgualcito dalle pagine avvincenti e magiche.

VI

Si era riaperta la scuola e Beatrice tornava alla fattoria dopo avervi accompagnato i tre figli più grandi, mentre la piccola Caterina era rimasta nel suo lettino docile e paziente ad aspettare che la mamma la prendesse per i primi adempimenti mattutini.

Attorno si respiravano gli odori pungenti del primo autunno e i colori sfumati del cielo e della campagna creavano un'unica e irripetibile tavolozza variopinta.

Beatrice era appena scesa dal calesse e aveva appoggiato momentaneamente le briglie su un'asse quando all'improvviso sentì la terra tremarle sotto i piedi, mentre la giumenta fuggiva impazzita trascinandosi dietro scompostamente il calesse; in contemporanea un boato squarciò l'aria e tutto scomparve alla vista: quel tratto di campagna si ritrovò sommerso in una nube di polvere unita a terriccio, pietre e altro.

"Il terremoto!" pensò terrorizzata. Poi: «Caterina!» gridò e si precipitò dentro casa e raggiunse col cuore in gola la camera e il lettino dove la bimba piangeva impaurita. La prese in braccio e fu subito fuori.

Il fumo e la caligine avevano coperto ogni cosa; ma lei s'inoltrò verso la direzione da dove le giungevano voci concitate. Giunta, si fermò sgomenta: una grossa buca nel terreno aveva inghiottito la parte anteriore del trattore, mentre quella posteriore si trovava in bilico sul bordo: il veicolo era stato trinciato in modo netto.

Con gli occhi sgranati per lo stupore e assalita dalla disperazione cercò fra i volti che la guardavano sgomenti il volto amato, anche se in cuor suo già sapeva che non l'avrebbe trovato mai più.

Un ordigno di guerra inesploso era stato rimosso dai robusti denti di acciaio dell'aratro agganciato al trattore guidato da Giovanni, su quel pezzo di terra arato mille volte, vangato, seminato e coltivato altrettante volte. Come poteva essere accaduto ciò? Dopo anni che il terreno era stato utilizzato incessantemente?

Questo glielo spiegarono dopo gli artificieri venuti da Enna che esaminarono l'ordigno rimasto inesploso per molto tempo, fino a quando, spinta da una forte pressione, si era sollevata la spoletta provocando le inevitabili conseguenze disastrose.

I presenti, ancora colpiti dalla tragedia, cercarono di allontanare Beatrice, la quale teneva ancora in braccio la bambina, temendo che crollasse da un momento all'altro; ma lei, barcollando e senza rendersene conto, si sedette su un grosso masso lì vicino presa da una enorme prostrazione, rigida e con lo sguardo vacuo stringeva al petto la figlioletta come unica sua àncora di salvezza.

E in quell'attimo la vita si fermò: il piccolo mondo costruito con ostinazione, dedizione, fatica e tanto amore era crollato in un istante.

VII

Per alcuni mesi Beatrice visse come in trance, non avendo ancora elaborato la tragica scomparsa di Giovanni. Le sembrava di vivere dentro un incubo spaventoso in cui tutto andava a rotoli: la sua vita e anche quella dei ragazzi, a cui inconsciamente negava la guida e il sostegno morale, chiusa nel suo dolore impietrito, un automa privo di sentimenti e di prospettive. Forse un giorno si sarebbe svegliata e tutto sarebbe tornato come prima.

La notte, invece del sonno, arrivava sempre il solito pensiero: perché proprio lui? Perché quel mattino si era ostinato ad arare lui il terreno, elettrizzato per il nuovo trattore?

Oh, destino infausto! Era stato geloso e invidioso della loro felicità? E se ci fosse stato pure Antonio sul trattore quando si prodigava ad aiutare il padre? E se fosse esplosa prima, anni addietro, quando loro due insieme e da soli solcavano il terreno per seminare il grano cantando a squarciagola per rendere meno gravosa la fatica? Rabbrividiva non per il freddo, ma per questi pensieri che erano di cattiva compagnia alla sua solitudine, per quel posto vuoto nel letto accanto a sé, al suo cuore ferito, lacerato, inconsolabile.

Teresa, ancora adolescente, si era sobbarcata il peso della famiglia, soprattutto della sorellina, bisognosa di attenzioni; il dolore che teneva chiuso dentro e quello che respirava intorno a sé l'aveva aiutata a maturare, ma non a riempire la sua giovane vita di aspirazioni, appagamenti o contentezze.

Il giorno in cui Pietro, divenuto il braccio destro della padrona, si presentò al suo cospetto con aria preoccupata e i registri di contabilità in mano, uno spiraglio di luce biancheggiò nel cervello di Beatrice: non tutto andava bene da quando lei aveva smesso di dare il suo contributo attivo. Gli affari, poco alla volta, avevano cominciato a segnare punti negativi e il commercio di animali aveva subito una sosta mentre quello dei prodotti agricoli era diminuito sensibilmente e le nuove colture erano in notevole ritardo, a discapito dei prezzi di mercato.

«Signù, vossia ha ragione, ma 'a fattoria ha bisogno di 'na testa fina ppi sistemari ogni cosa. 'A banca richiede il pagamento delle rate, pirchì simmu indietro di tri misi, e in cassa un c'è 'na lira. J un sugnu praticu di cunta... vossia a da reagire, sennò perde tutto... a pinzari anchi a i sò figghi...»

L'uomo, malvolentieri, fu drastico e duro nel presentarle la situazione, ma era la verità, continuando in passivo avrebbe perduto la proprietà.

Beatrice lo guardò come se lo vedesse per la prima volta, infatti non vedeva i lineamenti del suo viso, ma le parole che aveva pronunciato scolpite su ogni ruga e nello sguardo seriamente in apprensione.

Il velo che le ottenebrava la mente sembrò squarciarsi, si rese conto del male che stava facendo a sé stessa e ai ragazzi; col suo comportamento irrazionale rinnegava il lavoro alacre di Giovanni, l'ostinazione operosa nel realizzare il suo sogno, mentre continuare in quella follia sarebbe stato disconoscere la stessa esistenza dell'uomo amato.

Era giunto il momento di accettare la realtà e andare avanti.

«Pietro, d'accordo, non sarete più solo. Parlerò prima ccu 'u diretturi d''a banca, se aspetterà un paio di misi; lo farà pirchì ammu statu sempri puntuali, nel mentre riprenderemo a poco a poco l'attività. Non spezzeremo il sogno di ma' maritu.»

Beatrice, sorpresa lei stessa, sentì il tono risoluto della sua voce pronunciare parole autorevoli e assennate; ora doveva rivedere i conti e se la banca le avesse rinnovato il prestito avrebbe incrementato provvisoriamente lo smercio spicciolo dei prodotti e curato la vendita degli animali, soprattutto nel periodo festivo.

C'era tanto da fare, ma più di ogni altra cosa quattro figli da crescere e aiutare a responsabilizzarsi.

La vita, per fortuna o per sfortuna, continuava e lei prese coscienza che il marito le aveva lasciato una grande eredità accompagnata da altrettante responsabilità. Non poteva deluderlo. Mise da parte la pietà per sé stessa, la romantica e drammatica idea di Giulietta di morire accanto al suo Romeo; si rimboccò le maniche e riprese a vivere.

Pochi giorni prima della sua morte Giovanni le aveva parlato di Rosaria Privitera, l'ex proprietaria di un appezzamento di terra situato nella sua stessa zona e facente parte anch'esso dell'antico feudo del principe. Il marito l'aveva abbandonata mesi prima, lasciandola sola con un mucchio di debiti e una bambina, Nelly, della stessa età di Luigi, e non potendo estinguere i suoi debiti, era stata costretta a vendere la terra ai fratelli Tringale, suoi confinanti, ricchi signorotti in odore di mafia, che non gliela pagarono per il vero valore.

Essi espansero, così, con quel podere, la loro tenuta già abbastanza vasta e ne fecero la *roba* più estesa della contrada.

La giovane era tornata in paese ad abitare con una vecchia zia malandata, che l'accolse benevolmente. Ma aveva bisogno di lavorare per mantenere sé e la bimba.

«Facciamola venire qua ppi iutariti, specialmente nelle faccende domestiche. Tu un po' fari 'n casa e fora» le aveva detto Giovanni.

Ora, Beatrice si rendeva conto di avere veramente necessità di una mano d'aiuto, così ne avrebbero giovato entrambe, lei e la futura probabile dipendente.

Nella speranza che non avesse impegni lavorativi regolari, tramite un comune conoscente, la invitò alla fattoria. «Mi dispiace ppi sò maritu» esordì la giovane Rosaria.

«Neanche voi siete stata cchiù furtunata!» le rispose l'altra veramente dispiaciuta per la sua situazione.

Le due donne si intesero subito.

Beatrice non aveva mai avuto una compagnia femminile, non ne aveva mai avvertito la necessità. Da ragazza era un maschiaccio, portava i pantaloni, inverosimile negli anni pre-cinquanta, ma lei abitava in campagna col padre che l'aveva cresciuta come un maschio, quindi non faceva caso al suo abbigliamento; svolgeva giochi di maschi coi ragazzi che venivano dai poderi vicini o compagni che avevano frequentato con lei la scuola sussidiaria. Le altre femminucce erano più riservate e i loro giochi tranquilli e metodici, e ciò la infastidiva. In seguito, aveva trascorso tutta la sua vita con Giovanni, aveva svolto un lavoro maschile e non aveva avuto neanche il tempo di desiderare un'amica con cui scambiare pensieri, esperienze o semplici futili chiacchiere.

Ora, guardando la giovane donna (non poteva avere più di venticinque anni) capì che qualcosa le era mancata nella vita. Ma questo non era il momento delle recriminazioni e rimase soddisfatta della persona che le stava seduta di fronte.

"Grazie, amore mio, mi hai illuminato la mente, ora possiamo andare avanti", rivolta col pensiero a Giovanni.

«Io mi devo dedicare a' fattoria» dichiarò alla nuova venuta, voi dovete tenere in ordine la casa, lavare la biancheria e accudire gli animali da cortile, quando io non potrò farlo. 'A lavata un jè ogni jurnu. Potete portare naturalmente la bambina, starà coi miei figli cchiù picciddi. Ovviamente mangerete ccu nuatri e siete libera di prendere cibo e verdura a piaciri. La sera vi riaccompagnerà Pietro in paese.»

«Mi po' dare del tu, donna Beatrice...» e la guardò con sincera gratitudine.

Beatrice le sorrise mostrandole di già simpatia e benevolenza.

Erano rimaste compiaciute entrambe, anche per il salario pattuito.

Lei avrebbe percepito la pensione di Giovanni, maturata dopo anni di contributi pagati regolarmente, che sarebbe servita per le spese giornaliere e per il compenso di Rosaria.

Riprese così con lena l'attività senza risparmiare tempo né energie: oltre ad occuparsi degli animali ruspanti, aiutare i salariati a raccogliere la verdura o la frutta o altro, teneva la contabilità.

Le vendite ripresero a crescere, anche quella degli animali da macello e da allevamento, poiché era lei stessa a pattuire i prezzi e a scegliere i capi.

Coi residui del prestito concessole dalla banca comprò uno stallone, che insieme alle due giumente già in possesso, avrebbe permesso ulteriori entrate attraverso la vendita dei puledri.

Tutto sembrava andare per il verso giusto,

ma era certa che fosse stato Giovanni a dare la spinta da lassù, tanto per non rimanere inattivo, con gli occhi, i pensieri e l'amore rivolti verso la sua fattoria e coloro che vi abitavano.

VIII

«Figghia mia… 'anu passatu quattru anni d''a morti di Giovanni e hai necessità di 'n omu che ti aiuti a mandare avanti la fattoria: fari i cunta, badari all'umini e tenere testa ai commercianti. Un po' fari tuttu tu… un jè cosa di fimmini!»

Si trovavano nel tinello della casa della suocera: Beatrice e la mamma di Giovanni.

«Ma chi dici vossia! Antonio sta crescendo e già mi aiuta, per quello che può fare! Un vugghiu estranei a casa mia!»

«No, genti 'stranea no, hai ragiuni…» l'anziana donna era titubante; stimava la nuora e le voleva bene ed era molto legata ai nipoti, ma sentiva come un dovere, credendo di agire a fin di bene, invogliarla a rifarsi una vita. Ovviamente, nella ricerca, consigliava di non andare troppo lontano.

«Ma', mi sta proponendo di maritarmi?»

ribatté la nuora sbalordita.

«Sì, ma non ccu 'n estraneo...»

«Sugnu j che non capisco o vossia che non si sa spiegare?»

«Mi sta' parinnu stralunata...» la suocera era convinta che la giovane le potesse leggere nel pensiero e materializzava a voce il suo intento.

In realtà Beatrice cadeva davvero dalle nuvole, perché era troppo ingenua e fiduciosa per decifrare le velate parole della donna molto più anziana di lei, e più esperiente; una donna scaltra che, attraverso giri di parole cercava di raggiungere il suo scopo, pensando di agire per il bene di tutti, naturalmente!

«Liborio...» pronunciò il nome con un fil di voce.

«Liborio, cosa?» la nuora sembrava proprio dura di comprendonio.

«Liborio sarebbe un buon marito...» tirò tutto d'un fiato l'anziana donna.

La nuora rimase allibita.

«Ma se ha sette anni meno di me!»

«Che c'entra! Liborio ha ventinove anni, jè 'n omu maturo e voli bene a' carusi, e poi, tu si' ancora 'na bedda picciotta!»

«Ma cchi pensa iddu di st'idea balzana?»

«Un ci dispiacissi stari ccu tia.»

Beatrice era rimasta a bocca aperta, frastornata e interdetta. Come avrebbe potuto sposare quel ragazzo che aveva visto crescere e al quale la legava un affetto fraterno, se non addirittura materno? In realtà egli sembrava affezionato ai ragazzi, era lo zio che raccontava loro le storielle del bar, avventure vere o false che fossero, anche piccanti, compiacendosi particolarmente di quante volte vinceva a carte bleffando e lasciando di stucco gli altri giocatori per la sua scaltrezza e abilità; era stato il giovanetto che qualche volta veniva ad aiutare il fratello per la vendemmia o passava l'aratro nei campi, mentre Giovanni lasciava cadere i semi nei solchi freschi e odorosi; quello la cui presenza portava allegrezza e spensieratezza e un briciolo di incoscienza; in fondo sangue del loro stesso sangue.

Era venuto ai funerali di Giovanni: compunto, compassato, dall'espressione imperscrutabile. E da allora le visite alla fattoria si erano diradate, forse perché troppo occupato col suo lavoro o forse perché, venuto a mancare Giovanni, non si sentiva né emotivamente né concretamente, di farsi coinvolgere, data la nuova situazione.

In conclusione, non sapeva che uomo fosse diventato in realtà.

«Allura?» La voce pressante della suocera la turbò ancora di più.

Tuttavia, ella aveva ragione.

Beatrice riconosceva di avere l'esigenza di una persona fidata nelle cui mani esperte lasciare, o almeno coadiuvare, il governo della tenuta... però, il cognato no!

«Liborio travagghia dai fratelli Tringale, come farebbe con la fattoria?» cercò di appigliarsi all'ultimo irrisorio pretesto.

«Beh, cchi ci misi 'a firma? 'A famigghia di sò frati e 'a fattoria su' cchiù 'mportanti di Tringale! Accussì vi 'rrizzittati tutti dui.»

«Ma Liborio jè comu un frati cchiù picciddu ppi mia!» cercava ancora di resistere alle incalzanti argomentazioni dell'altra.

«A letto i masculi su' tutti 'e stessi!» sentenziò determinata l'anziana donna.

La nuora non rispose. Era rimasta esterrefatta dal suo tono convinto.

«Allura, pensaci!»

E Beatrice ci pensò a lungo, esaminò obiettivamente e con freddezza la proposta e i pro di cui avrebbe fruito, ma solo per il bene della fattoria, così si sarebbe dedicata maggiormente ai figli che crescevano e avevano nuove esigenze. Riconosceva, controvoglia, che la parte più ingrata e sgradevole per una donna, anche se capace come lei, era rappresentata dai rapporti con l'esterno: non era sempre ben vista negli uffici dove si recava per il disbrigo di pratiche, compilazione di documenti per contributi o richieste di informazioni, su facilitazioni di pagamenti, ecc., e il confronto coi compratori e i rivenditori non si poteva definire idilliaco, poiché questi, come se fossero stati defraudati della loro mascolinità, si sentivano in imbarazzo a trattare con una donna; rudi uomini che non vedevano di buon occhio il patteggiamento con una tipa che parlava come un uomo e si comportava come tale, essendo semplicemente una femmina la cui intrusione nel campo maschile risultava alquanto indigesta. Antonio era ancora un ragazzo per sobbarcarsi delle responsabilità e poi, doveva studiare e frequentare la scuola pubblica in paese, poiché lei voleva che seguisse le orme del padre e risultasse come lui: istruito, coscienzioso, affidabile.

Ma ciò che per lei risultava veramente difficoltoso erano gli spostamenti fuori paese; non poteva sempre incaricare Pietro per portare i prodotti ai mercati dei paesi vicini, almeno fino a quando ella non avesse conseguito la patente e potuto comprare un nuovo mezzo di trasporto, in attesa della maggiore età di Antonio.

Non se la sentiva, quindi, di unirsi a Liborio, non solo perché molto più giovane di lei, ma anche perché a dispetto della suocera, non lo riteneva adatto ad assumersi l'impegno di una famiglia già formata; c'era di contro, però, un unico punto a suo favore molto importante: i ragazzi gli erano di già affezionati e non era un estraneo che doveva guadagnarsi la loro approvazione, per cui un cambio di rotta nella loro vita con una persona già di famiglia non sarebbe stato traumatico. E poi era il fratello di Giovanni, anche se fra loro c'era una gran differenza d'età, e non erano rimasti sempre insieme dopo la morte del padre, poiché il maggiore aveva iniziato presto a lavorare per aiutare economicamente la madre, di conseguenza aveva seguito poco il fratello nella sua crescita e formazione morale e spirituale; però, se il sangue non era acqua, qualcosa di buono avrebbero dovuto avere in comune!

Si convinse, a malincuore, che per lei sarebbe stata una scelta necessaria, anche se il cuore rifuggiva da quel pensiero e il corpo non ne avvertiva l'esigenza. E se un giorno si fosse stancato di lei? Era giovane e attraente e avere accanto una donna di una certa età lo avrebbe alla fine annoiato e portato a cercare pascoli più verdi (per rimanere in campo agricolo). No, non temeva questo per gelosia ma per rispetto, non avrebbe né ora né mai accettato situazioni ambigue per riguardo a sé stessa, ai ragazzi, alla memoria di Giovanni.

I dubbi l'assillavano, pur essendo consapevole di non cercare l'amore, ma solo una sistemazione favorevole per tutta la famiglia; conseguentemente, però, doveva abituarsi a pensare che era un uomo e il ragazzo con cui aveva avuto vincoli di parentela e familiarità non esisteva più.

Cominciò a guardarlo come un estraneo conosciuto da poco: un bell'uomo garbato, divertente, sicuro di sé. Il classico uomo che poteva piacere per un'avventura, non per tutta la vita.

Ma Beatrice aveva conosciuto un solo uomo e non aveva avuto modo di confrontare, giudicare, scegliere.

IX

Si sposarono in un freddo mattino di dicembre, col solo rito religioso e con l'autorizzazione del vescovo, per evitare che Beatrice perdesse la pensione del marito.

Erano attorniati dai ragazzi, forse i soli entusiasti dell'avvenimento.

Liborio mostrava un'espressione seria, inconsueta in lui, quasi corrucciata e Beatrice in cuor suo continuava a chiedere perdono a Giovanni, pur rendendosi conto che un controllo maschile fosse, purtroppo, inderogabile sia per la mentalità maschilista dell'ambiente che dissimulatamente la ostacolava sia perché già era un onere troppo pesante per lei la gestione della fattoria e inoltre avrebbe continuato a trascurare i figli.

Strinse i denti e dovette ripetere due volte il suo sì, poiché il nodo che le stringeva la gola, impediva alla voce di venir fuori.

Come Dio volle tutto si concluse, anche il giorno volse al termine e, con sua profonda apprensione, giunse la sera.

Aveva rifatto il letto aiutata da Rosaria e aveva messo delle lenzuola nuove per rispetto del suo caro defunto marito, oltre che come augurio di una vita nuova e serena, anche se non felice.

Affrontò l'intimità con ansia e trepidazione, come una giovane alla sua prima notte nuziale.

Non era l'agitazione per cosa l'aspettasse, ma con chi: la gioventù dell'altro le incuteva un certo timore come se fosse lei a violare il suo corpo e non viceversa; era riaffiorata, nel suo profondo, la consapevolezza che quell'uomo era il fanciullo di ieri, colui che aveva giocato con suo figlio Antonio bambino e di cui tante volte lei aveva disinfettato le escoriazioni sulle ginocchia.

L'impeto dell'uomo la sopraffece e lei non rispose con eguale intensità, non ebbe né la voglia né la possibilità di corrispondere; si sentì invece confusa e inadeguata, come se fosse riemerso quel pudore infantile che

Giovanni aveva mitigato e contribuito a superare con dolcezza e tanta amorevole pazienza.

«T'haju vulutu anchi quannu jera carusu, invidiavo ma' frati perché eri sò mugghieri, ora sono io ad averti quannu vugghiu.»

Quella notte Beatrice ebbe la certezza di aver commesso il più grave errore della sua vita e ne avrebbe pagato sicuramente il fio.

Purtroppo era ormai troppo tardi per tornare indietro.

X

Il sole di agosto era così caldo che i limoni, pur irrigati il giorno prima, sembravano raggrinziti e l'orto respirava a fatica tra le foglie e le bacche degli ortaggi, che cercavano di assorbire un po' di frescura dalla terra.

Quella mattina tutti i ragazzi erano al lavoro, anche la piccola Caterina, di fronte alle piante impalate di pomodori.

Era stata in realtà Rosaria, divenuta ormai indispensabile, a invitarli fuori per pulire liberamente da cima a fondo tutta la casa, specialmente le stanze dei ragazzi, trascurate e caotiche.

La giovane donna era soddisfatta della sua occupazione, ma soprattutto del trattamento gentile e familiare che le riservava la padrona, e i ragazzi erano deliziosi e spontanei e la sua piccola Nelly si trovava bene con loro.

Solo la presenza di Liborio la metteva in

soggezione. Si era accorta che, quando poteva, cercava di evitarla e nel suo sguardo non leggeva un minimo di simpatia né di tolleranza. Ma il salario era buono, considerando che il vitto era gratis, e lei cercava di mettere qualcosa da parte per potersi permettere una casetta per sé e sua figlia. Oh, se il marito non fosse andato via all'improvviso, lasciandola in queste notevoli difficoltà! Ancora oggi starebbe nella sua cascina, impegnata nei lavori dei campi o nella sua modesta abitazione felice e soddisfatta. Ma perché Alfio le aveva fatto questo? Perché se ne era andato senza dirle nulla? Sparito completamente e nessuno l'aveva più visto. Sembrava così affezionato a lei e alla bambina! Cos'era successo per cambiarlo così radicalmente? La vita non era stata benevola con lei e per mantenersi doveva lavorare al servizio degli altri; sebbene, a ben pensarci, neanche la sua padrona sembrava felice, con l'aggravante che era impegnata da mattina a sera…

Intanto i figli di Beatrice, rumoreggiando e inviandosi battute scherzose, facevano a gara a chi raccogliesse più pomodori, anche se a tratti, tra una battuta e l'altra, veniva fuori qualche sospiro di stanchezza o di fastidio.

Il patrigno col camioncino raccoglieva le casse colme di quei bei pomodori rossi e lucidi, e l'indomani di primo mattino, insieme ad Antonio, le avrebbe portate al mercato di Caltanissetta e qualche cassa ai fruttivendoli del paese. Questa, in realtà, era l'unica incombenza che svolgeva volentieri, e poi, era il solo ad avere la patente e quindi in grado di guidare il camioncino.

Nel frattempo Pietro arava la striscia di terra attigua e la preparava per le colture autunnali. Uno dei due salariati puliva la stalla e l'altro era al pascolo con le mucche e le pecore.

Beatrice, accanto a un filare più rigoglioso di pomodori, osservava orgogliosa i suoi figli. Il Signore gliene aveva fatto dono forse per colmare il gran vuoto lasciato dal marito; li accarezzava con lo sguardo ad uno ad uno:

Antonio, dalla folta capigliatura nera simile a quella della mamma e dagli occhi verdi come i prati in primavera, impulsivo, ma fortemente legato ai familiari, poiché si sentiva responsabile come primogenito e provava quel senso di protezione, che era stata una caratteristica di suo padre, verso gli altri membri, compresa la madre.

Teresa, la donnina di casa, era la versione di Giovanni al femminile, dall'espressione dolce e seria, di animo romantico, teneva con sé tutti i libri del suo papà e la sera, quando ogni abitante della fattoria si metteva a dormire, anche la piccola Caterina insieme a lei nella camera, si accendeva la candela e divorava quelle storie d'amore e d'avventura con le quali il papà aveva conquistato la mamma.

Luigi era l'ombra del fratello, il suo idolo, un modello da imitare anche nei gesti e nella camminata spavalda e dinoccolata.

Caterina era la cuccioletta della famiglia, viziata da tutti, ma protetta e accudita soprattutto da Teresa.

Più in là Liborio, a torso nudo, seduto sulla sponda del camioncino canticchiava, in attesa che si recuperassero le cassette per caricarle.

La luce di poco prima si spense nello sguardo di Beatrice, sfiorando la sua figura e i muscoli in evidenza sul petto abbronzato privo di peli; da lontano sembrava Giovanni, ma non era decisamente lui.

Erano trascorsi due anni dal giorno del matrimonio e poco per volta le sue illusioni si erano infrante dinanzi a una realtà deludente e frustrante. Di giorno era un componente poco dinamico della famiglia, quasi passivo, raramente dava le direttive ai lavoranti e gestire il lavoro non lo considerava un suo compito. Scherzava coi suoi nipoti e raccontava loro le solite storielle un po' spinte da bar, prendeva in giro Teresa perché nascondeva e si appiattiva il seno per non rendere evidente la sua crescita, e spesso giocava a pallone con l'adolescente Luigi, ma tutto finiva lì.

La notte si trasformava in un amante esigente, impetuoso e lei non vedeva l'ora che si appagasse e finisse. La tenerezza era stata di Giovanni, il cercare di soddisfarla prima del suo piacere... Giovanni! Un dolore che non si sarebbe mai sopito e l'avrebbe accompagnata fino all'ultimo suo respiro.

Capitava, a volte, che lei si svegliasse nel cuor della notte e vederselo accanto le procurava un tuffo al cuore: vedeva il marito al suo posto, quello che lei definiva il suo vero e unico marito, tanto si somigliavano i due fratelli! Il suo torace che si abbassava e si sollevava nel respiro calmo e rilassato, il volto sereno come di chi è in pace con sé stesso. Ma Beatrice intuiva che dietro quel volto di persona perbene era mutato qualcosa di quand'era fanciullo. Spesso il suo sguardo era sfuggente, non si riusciva a leggere ciò che gli passava veramente per la mente; a volte s'incupiva e in quei momenti si arrabbiava per un nonnulla. No, non era sgarbato con lei, raramente alzava la voce e la rispettava, ma l'attività, la responsabilità e il modo di come far quadrare i conti erano rimasti sulle spalle della moglie, alimentando, anzi, le sue uscite al bar del paese, il gioco che lo teneva legato sovente fino a notte inoltrata, e le ore di ozio, soprattutto le più calde, quando una mano in più avrebbe alleggerito quella degli altri. Era *lagnusu*; il lavoro, per lui rappresentava una perdita di tempo e quello che per necessità intraprendeva lo eseguiva di malavoglia, facendo notare il suo disappunto.

Ah, come rimpiangeva, Beatrice, le ore

serene e tranquille sulla dondola con la testa appoggiata sulla spalla confortevole di Giovanni! Le preoccupazioni condivise avevano un peso più tollerabile e la speranza di farcela li aveva sempre sostenuti.

Adesso rimaneva solo lei il perno attorno cui ruotava quel microscopico universo bene organizzato e difeso ogni giorno con le unghie e con i denti contro le intemperie atmosferiche e quelle inevitabili della vita.

Liborio, pur rivelatosi non affidabile, superficiale, disinteressato alla prosperità della fattoria, alla fine di ogni mese, allorché le presentava la contabilità della vendita dei prodotti e di qualche capo di bestiame, si appropriava di una certa somma, come una percentuale, per le sue spese personali. Ma spendeva molto più di quanto intascava, perché comprava utensili che non servivano e variava di continuo il suo abbigliamento senza chiedere ulteriori somme alla moglie.

Spesso, quest'ultima, si chiedeva incuriosita da dove prendesse i soldi per quegli acquisti e per il gioco che era il suo hobby preferito; forse, pensava, aveva messo da parte una certa somma quando lavorava per i fratelli Tringale o forse, vinceva spesso al gioco...

«Mammì, talìa che sono brava a cogghiri i pomodori!» La voce gioiosa e innocente di Caterina la distolse dai pensieri che le rendevano ancora più gravoso il fardello di quella situazione e si accostò alla piccola abbracciandola con slancio.

«Sei brava, gioia! Ora si' ranni!»

XI

Da qualche mese Beatrice avvertiva nell'atmosfera di casa tensioni che non era in grado di decifrare: Antonio, dopo i lavori assegnatigli, scappava di casa come se avesse qualcuno alle calcagna o fretta di scendere in paese per un motivo privato; ma non parlava, e confidarsi con la madre neanche a parlarne. Lei, però, su questo versante si sentiva tranquilla; il figlio aveva l'età delle prime simpatie e forse la sera col vestito buono andava a gironzolare sotto il balcone di qualche ragazza o a passeggiare al *Convento*, come si usava allora, prima di intrattenersi in pubblico.

Ma quella che le dava maggiore preoccupazione era Teresa. Cosa le passava per la testa quando si immalinconiva all'improvviso e sfuggiva il suo sguardo indagatore? Era diventata pallida in viso e non la sentiva più canticchiare. Mangiava poco e non alzava la testa dal piatto se non quando avevano tutti terminato e lei sparecchiava portando il tutto in cucina e, aiutata da Rosaria, rigovernava in silenzio senza il solito cicaleccio. Liborio continuava a fare la sua capatina in paese al bar con gli amici, e certe sere si attardava più del solito tanto che lei era già a dormire quando rientrava e non lo sentiva neanche mettersi a letto.

Beatrice non glielo chiese mai dove andava, ma tanto non sarebbe rimasto ugualmente a farle compagnia né a condividere pensieri e prospettive, cullati dalla dondola d'estate e accanto al camino d'inverno, come accadeva con Giovanni.

Notava, piuttosto, ormai fin dal primo giorno della sua permanenza alla fattoria, che la presenza di Rosaria lo infastidiva, mostrava nei suoi confronti un'insofferenza immotivata; ma quando non si sentiva osservato la scrutava con ostilità, quasi con avversione, come se avesse dentro di sé qualcosa che non volesse o potesse svelare. E spesso lo sentiva borbottare:

«Sempri fra i pidi jè 'sta criata! Fra tante beddi picciotte propriu di chissa ti mirasti!»

«È una brava donna, sventurata come me, e poi un jè 'na criata, 'a tignu come 'na parenti. Il suo aiuto mi è prezioso», e troncava la discussione e il suo malumore. Adesso, dopo tutto il tempo trascorso nel cercare di salvare quel cosmo su misura che aveva creato insieme a Giovanni e il suo rapporto col nuovo compagno, con cui i legami si rivelavano sempre più fragili, si sentiva stanca, avvertiva il logorio delle sue forze e i macigni che le comprimevano il petto e la mente.

Agognava disperatamente una mano amica che l'aiutasse a travalicare il burrone di angoscia che tentava di inghiottirla inesorabilmente.

Cosa le riservava ancora il destino?

La sua vita, da quando si era risposata, aveva preso una piega irreversibile ed ella si stava quasi appiattendo per inerzia mentale a quella situazione equivoca che non dava sicurezza né a sé né ai suoi ragazzi. Ma dov'era finito lo spirito combattivo che prediligeva di lei Giovanni?

I suoi interessi e quelli di Liborio avevano preso direzioni diverse, semmai fossero partiti dalla stessa prospettiva, e si rese conto che il matrimonio era stato una simulazione: aveva acquisito un amante giovane e vigoroso ma non adatto a lei, in cambio della sua serenità, della sicurezza economica e mentale, della garanzia di un domani prospero per sé e i suoi figli. Non avrebbe permesso che essi venissero stritolati da questo ingranaggio di infingardaggine e falsità, contro cui, giurò a sé stessa, avrebbe trovato il modo di opporsi e infrangere, costasse quel che costasse.

Ma il costo fu troppo alto perché potesse sopportarlo; il destino era in agguato e aveva progettato per lei un'ulteriore immane tragedia che avrebbe segnato per sempre la sua esistenza.

XII

In paese i marescialli si sono susseguiti l'uno dietro l'altro con una celerità sorprendente, addirittura dopo un solo anno, qualcuno è stato trasferito in altra sede o è stato lui stesso a chiedere una diversa destinazione.

Sicuramente gestire la giustizia in una località come questa, in odore di mafia, con la gente restia a collaborare con le forze dell'ordine, da tenerle lontane come la peste, avente una mentalità ancora legata a vecchi canoni di patriarcato e di disinteresse per tutto ciò che accade a un metro di distanza, non è per niente agevole né appagante.

Solo l'appuntato Salafia è diventato il punto di riferimento e di mediazione, colui che ormai da anni è la vera guida della stazione dei carabinieri, e oggi coadiuva un giovane maresciallo fresco di nomina che, pur armato di serietà di intenti, si affida al suo subalterno sia per la competenza acquisita in parecchi anni di servizio sia come conoscitore dell'ambiente e dell'indole dei paesani, i quali, pur diffidenti nei riguardi degli sbirri (termine da loro pronunciato con disprezzo), si fidano invece di lui per la sua umanità e per quel senso di giustizia che lo contraddistingue fra tutti gli altri rappresentanti della legge coi quali hanno avuto a che fare.

Ora, tornando al presente, uno scenario di tragedia shakespeariana si offre agli occhi ancora assonnati del maresciallo e dell'appuntato: una corona di volti allibiti fa da cornice a un quadro drammatico che interpreta il vero volto del dolore pietrificato: una madre ginocchioni, appoggiata sui talloni, sorregge il capo della figlia esanime.

Nell'attesa del dottor Piazza, l'ufficiale sanitario che funge anche da patologo, i due militari si avvicinano al corpo.

Il cane che prima accucciato sotto l'albero ha abbaiato per il colpo d'arma da fuoco e il trambusto che ne è seguito, adesso guaisce accanto a Beatrice come se sentisse intorno a sé l'angoscia palpabile che rimbomba più del brusio sommesso degli astanti.

«Povera ragazza! Così giovane!» Il maresciallo si china e con due dita, spinto da un moto di tenerezza, sposta con un sospiro una ciocca di capelli che le coprono la guancia.

Salafia volge altrove lo sguardo palesemente commosso e nel contempo irritato con la vita che a volte riesce ad essere veramente crudele ed esasperante.

Arriva nel frattempo il dottor Piazza che scende dal calesse borbottando per l'ora inopportuna e "un povero Cristo non può riposare in pace neanche di notte", e facendosi strada tra l'assembramento che si era formato, anche per la presenza di curiosi giunti dalle cascine vicine, si curva su quella figura tenera raggomitolata a terra, come se dormisse, con la testa appoggiata sulle gambe della madre che la culla, dondolandosi appena e muovendo le labbra in chissà quale preghiera o ninnananna.

Il medico aiuta Beatrice gentilmente a sollevarsi da terra e lei, prima di tirarsi su, prende con tutte e due le mani la testa della figlia e l'adagia con dolcezza sulla fredda pietra dello spiazzo, dopo avervi piegato a mo' di cuscino lo scialle portato sulle spalle.

Il corpo di Teresa è tiepido, quasi palpitante ancora di vita; il medico, disarmato emotivamente e preso da un senso di pietà, insolito in lui, spinto da una speranza illogica, appoggia due dita sul collo della giovane, sulla giugulare, poi scrolla il capo.

Con un gesto della mano allontana i presenti, poiché deve controllare la ferita.

Tutti si distanziano, solo la madre sembra in condizioni di non potersi spostare più di tanto, salda, appoggiata al muro non muove un muscolo. Con delicata pressione il dottor Piazza slaccia la camicia della ragazza; anche alla luce della lanterna tenuta in mano da Pietro, poiché quella è la parte più in penombra dello spiazzo, risalta la pelle bianca con rivoli di sangue lungo l'incavo del seno. Il petto è cosparso di tanti forellini stranamente asciutti, come nèi sparsi sul candido petto, prodotti dai pallini di piombo arrivati a rosata al centro, e proprio sul cuore un foro più ampio causato da una concentrazione maggiore di pallini; un colpo così preciso da chiedersi: una strana fatalità o un colpo premeditato, curato nei particolari, determinato? Poi, con la stessa delicatezza riallaccia i bottoni dell'indumento e si rialza.

Non una parola: il duro, disincantato, rigido dottor Piazza trattiene a stento le lacrime.

«Condoglianze signora, non ha sofferto, è stata una morte quasi istantanea, se questo può bastare a consolarla» e porge la mano a Beatrice.

Si avvia lentamente verso i due rappresentanti della legge, mostrando una spossatezza più psicologica che fisica.

«Il colpo è stato sparato da non più di dieci metri di distanza, per cui c'è stata una forte penetrazione che ha colpito i punti vitali, soprattutto il cuore verso il quale, fatalità o una precisione eccezionale, si è concentrata la maggior parte dei pallini. Domani, dopo l'autopsia, vi saprò dire di più. Buona notte, anche se non lo è affatto» e si dirige verso il calesse con una fretta inusuale da non dare neppure il tempo ai due di assentire o negare o pronunciare una qualsiasi osservazione.

«Tutto è strano in questa vicenda» afferma

il maresciallo «anche il dottore si comporta in modo particolare.»

«È semplicemente commosso e non vuole darlo a vedere» puntualizza Salafia.

«Ma perché l'ha fatto?» Il maresciallo si riferisce all'atto violento del tutto irrazionale. È incredulo e dubbioso anche lui, non riuscendo a capire, ancora una volta, questi paesani, e rurali per giunta, che per lui costituiscono tuttora un mistero, con le loro regole, il loro modo di pensare, la loro sapienza tutta particolare.

Salafia scrolla le spalle: è troppo presto per raccogliere tutti gli elementi della vicenda e formulare ipotesi che possano essere suggerite dal mistero che impernia il caso nella sua interezza, e interrogarli proprio ora, sarebbe tempo sprecato. È certo, però, che non sarà un caso così semplice come sembra.

«Avrà sicuramente scambiato la sorella per un intruso o un grosso animale, non può essere diversamente; col buio non si distinguono le ombre» suggerisce ancora il maresciallo.

«Già! Ma il cane avrebbe abbaiato e dato

l'avviso. Perché non ha abbaiato? Sarebbe stato logico se lo avesse fatto qualora fosse entrato un estraneo e tutti lo avrebbero sentito…»

«È vero. Mah! Gliel'ho detto: è tutto un mistero!»

Salafia non si sente di ribattere né di fare congetture. Questo è il momento del rispetto per il dolore, doppiamente lacerante, di una madre, simile al grido della terra che si ribella a tanta violenza irrazionale.

Tutto il resto può aspettare.

Si dirige verso il ragazzo, che se ne sta seduto su un basso muretto attorno all'albero del castagno con la testa fra le mani.

È chiaro che non aveva intenzione di uccidere la sorella. Ma perché era armato? Aveva visto l'ombra e l'aveva scambiata per quella di un intruso, come prospettava il suo superiore? Ma era di già armato! Come se fosse in attesa di qualcuno, poiché, se fosse stata una situazione creatasi all'improvviso, non avrebbe avuto né il tempo né il modo di rientrare, prendere l'arma e sorprendere l'ombra. No, c'è di certo qualcosa di più complicato che gli sfugge.

«Ti senti di parlare?» si accosta ad Antonio con prudenza e con una gran pena anche per lui; ha distrutto la sua vita insieme a quella della sorella: una vita stroncata e un'altra svuotata.

Il ragazzo non solleva il capo, il suo corpo è scosso da tremiti accompagnati dai singulti che gli scuotono il petto. Un conato di vomito sta per versarsi sugli stivali di Salafia che si scosta in tempo, mentre l'altro alzatosi di scatto si piega sulla siepe a rimettere irrefrenabilmente.

Sembra una scena allucinante, ma il militare non perde la sua imperturbabilità e gli porge con benevolenza il fazzoletto; ma il giovane non lo prende, si dirige zoppicando e con il viso stravolto verso la madre che finalmente punta gli occhi sul suo viso e lo guarda. Si fissano con una intensità tale che l'appuntato, osservando da vicino la scena, non riesce a capire, sul momento, se quell'elettricità sprigionatasi fra i due sia odio, disperazione o... un segreto.

Poi, repentinamente, si getta in ginocchio

ai piedi della madre, col capo chino a baciarle la veste. Lei, con uno sforzo sovrumano, alza lentamente il braccio e posa la mano sui capelli del figlio.

Salafia lascia che madre e figlio stiano insieme per l'ultima volta; chissà quando ciò potrà essere di nuovo possibile!

Dopo qualche minuto Beatrice si slaccia dalle braccia del figlio, che ancora le cingono le gambe, si accosta al corpo giacente a terra, quasi abbandonato, perché nessuno ha osato avvicinarsi e sollevarlo, lo tira su e lo stringe forte al petto: è leggero come quello di una bambina.

Ed è Antonio, ancora tremante, che l'aiuta a sostenere il tenero fardello inanimato per portarlo a casa e distenderlo sul letto, scostando con uno strattone Liborio che si è avvicinato per prodigarsi di fare altrettanto.

Sorpreso, il maresciallo, che ha notato poco distante le varie fasi del comportamento di ognuno di loro, si rivolge a Salafia.

«Ma chi è costui? Un altro figlio?»

Salafia reprime un sorriso.

«No, è il marito. Il secondo marito, veramente. Il primo è morto in una circostanza tragica circa otto anni fa. È saltato in aria per un ordigno inesploso che toccò con la vanga di un pesante aratro rimorchiato dal trattore mentre dissodava la terra. Proprio qui, in questa tenuta. Una tragedia per la moglie e i quattro figli, di cui due ancora piccoli.» Una pausa. «L'ho conosciuto: un lavoratore instancabile e una persona perbene, E la moglie non è da meno. Ha preso in mano la situazione e ha mandato avanti la fattoria con dignità e grandi sacrifici. In seguito, non si sa perché, dato che quest'uomo è una nullità e un accanito giocatore, si è risposata con lui circa quattro anni fa. È il fratello del marito, non mi ricordo come si chiama, ma è di tutt'altra pasta. È più giovane di lei e l'aiuta a mandare avanti l'azienda, almeno in apparenza sembra così, ma le redini le mantiene sempre lei. Non è stato certo un buon acquisto per la signora!»

«Ma sarà stato sicuramente un matrimonio combinato, per evitare che qualche estraneo mettesse le mani sulla proprietà!»

"L'unica cosa sensata che abbia detto in tutta la serata" pensa Salafia.

«Comunque, andiamo a prendere il ragazzo.» Il maresciallo riprende il suo ruolo di comandante e si dirige con passo marziale verso l'ingresso dell'abitazione.

* * * * *

È l'alba di un giorno anonimo, ma non per la famiglia Torrebianco, quando le porte del carcere di piazza Lanza del capoluogo si chiudono alle spalle del giovane Antonio.

XIII

«Mammì, un mi pari veru chi Teresa un c'è cchiù!» La voce lacrimevole di Caterina procura a sua mamma ferite lancinanti, ma cerca in tutti i modi di mantenersi calma per non angosciare ancora di più la piccola.

«Anche si un torna lo sai che è sempre con noi, gioia, nel nostro cuore, perfino ccà, nni 'stu mumentu, e nonostante non ti risponda, tu po' parrari ancora ccu idda.» E l'anima le brucia nel pronunciare parole alle quali non crede; ha voglia di buttare all'aria ogni cosa come una forsennata, gridare contro tutti, raggomitolarsi in un angolo, mettere la testa fra le gambe e turarsi le orecchie per non sentire il suo stesso urlo imprigionato dentro il petto che ruggisce impotente.

«Ma j 'a vugghiu vidiri!» insiste petulante la bambina.

«Ti prego, Caterì, Luigi ti aspetta fuori ppi

jri a' scola… forza, muoviti!»

«Allura, jè morta daveru?» si ostina a continuare sullo stesso tono. Questa volta la mamma non risponde, la prende direttamente per mano e l'accompagna fuori.

La vita alla fattoria in questi giorni si svolge solo a gesti, non un saluto né una parola né un commento né una palese ricerca di spiegazioni.

Luigi è già seduto al suo posto sul calesse; pensieroso, imbronciato, quasi assente con la mente. Non si sente in forma per la scuola, sarebbe voluto rimanere a casa, ma la mamma non lo avrebbe permesso. Sopraggiunge Liborio che sale in cassetta e prende in mano le redini.

Ha avuto il buon senso di risparmiare alla moglie almeno questa incombenza, ma un pensiero maligno attraversa la mente della donna: è il pretesto per allontanarsi per un paio d'ore dall'atmosfera lugubre della casa e dal vuoto enorme che vi regna o dal lavoro che si è accumulato inevitabilmente in questi giorni di agitazione e di lutto? O per l'uno o per l'altro motivo, non può fare assegnamento su di lui.

Appena il calesse prende il viale e si allontana al trotto della giumenta, Beatrice torna sui suoi passi e si accosta al grosso cespuglio di ginestre, tra la siepe, che fece da riparo ad Antonio quella sera maledetta.

Non è una bella giornata, il sole appare a tratti, come se anch'esso voglia nascondersi per non porgere volentieri agli uomini i suoi doni preziosi, mentre il vento, alzatosi all'improvviso, senza pudore né ritegno, colpisce direttamente la faccia della donna. Ma lei non ci fa caso, ha il cervello concentrato su un solo pensiero. Come è stato possibile non riconoscere la sorella? Probabile che sia stato per gelosia come qualcuno aveva insinuato?

No, lei non lo avrebbe mai creduto, perché Antonio è stato sempre molto legato a ognuno di essi, si è sentito il loro protettore, si è considerato *l'omu* di casa in seguito alla morte del padre, anche con la presenza di Liborio come nuovo membro della famiglia.

No, è stato sicuramente un errore. Sì! Ma perché era fuori a quell'ora? Forse si attardava ancora nella stalla ad accudire il cavallo e sentendo dei rumori sospetti, si è armato ed è uscito?

No, non va. I due fucili da caccia non li tengono nella stalla bensì all'ingresso della casa … lui era già appostato con la doppietta, come se aspettasse qualcuno. E Teresa, dov'era diretta a quell'ora tarda?

«Anche a lei, signora, i conti non tornano, vero?»

La voce improvvisa, anche se gentile, di Salafia, la fa trasalire.

«Di prima matina, appuntà, già qui?»

«Mi perdoni se l'ho spaventata. Non era mia intenzione», si ferma e la guarda con intensità come se volesse carpirle i pensieri. Poi riprende.

«I suoi dubbi sono anche i miei. Ne conviene che la tesi dell'intruso non regge? Ho la certezza che suo figlio non abbia avuto alcuna intenzione di colpire la sorella, ma sono altrettanto sicuro che non era lì dietro il cespuglio per caso né per giocare a tiro a segno, e a quell'ora per giunta!»

Beatrice non risponde.

«Signora, è trascorso un mese dalla disgrazia. Io non sono venuto a disturbarla per rispetto verso il suo dolore che, capisco, è incommensurabile. Ma vorrei comprendere cosa ha spinto suo figlio a sparare. Il gesto in sé è palese. Non ci sono scappatoie. Ma se si presentassero delle attenuanti, potrebbero aiutarlo al processo. Ho cercato più volte di interrogarlo, ma non apre bocca, neanche per difendersi o giustificarsi» conclude con rammarico Salafia.

«Io la ringrazio, appuntato, ma un sacciu cchi diri, veramente! Ho la testa confusa. Mi pari ancora impossibile, tanto è assurdo! Anch'io sono perplessa, ma non ho parlato più ccu mà figghiu da quella sera. Ancora non mi sento pronta, ma so che neanche ccu mia parlerebbe se fosse per una buona ragione. Omu di panza, jè! È il suo carattere, si tiene tutto dentro.»

«Ma lei non sospetta nulla?» prosegue controvoglia il sottufficiale.

«No, appuntà, mi sto arrovellando il cervello senza trovare pace, ma un truvu alcuna spiegazione.»

«Io mi accomiato. Suggerisca al suo avvocato la tesi dell'intruso, è l'unica via percorribile e forse la corte ne terrà conto. Non verrò più a importunarla; se a lei viene in mente qualcosa, me lo faccia sapere e arriverò subito. La prego di accettare ancora una volta le mie più sentite condoglianze.»

«Grazie, non mi scorderò d''a sò cortesia.»

Il militare si porta la mano alla visiera, gira sui tacchi e raggiunge la jeep che ha lasciato in fondo al viale d'accesso. "Il ragazzo era in attesa di qualcuno. Ma chi? E perché? Scoprirò questo mistero", giura a sé stesso mettendo in moto il veicolo e allontanandosi dalla fattoria.

XIV

Beatrice ha assunto l'avvocato Guido Mariani di Caltanissetta, di cui ha sentito parlare per l'abilità e la scaltrezza con cui conduce la linea di difesa dei suoi assistiti, nella speranza che almeno con lui Antonio si apra, dato che si è chiuso in un mutismo esasperato.

Dopo aver preso visione di tutti gli atti alla procura, Mariani si è recato al carcere per un colloquio col detenuto, con lo scopo di conoscere con esattezza le dinamiche del gesto, e presumibilmente la spinta che l'ha causato. Ma l'avvocato si è illuso e sperato invano, non è infatti riuscito a tirar fuori una parola dalla bocca di Antonio e la sua insistenza è stata un'impresa ardua e snervante.

Come si può abbattere un muro che non si riesce neanche a scalfire?

Ma il giovane avvocato non si perde d'animo. È il secondo caso scabroso in cui s'imbatte caratterizzato da un imputato che si rifiuta di collaborare e quindi lui, anche questa volta, dovrà arrampicarsi sugli specchi, e se sarà necessario inventare per elaborare una difesa che possa consentire una detenzione la più breve possibile.

«Signora Torrebianco, mi scusi se la disturbo, ma suo figlio non ha alcuna intenzione di collaborare per la sua difesa. Comprendo la situazione imbarazzante in cui lei si trova, però mi aiuti.»

Il comportamento di Mariani è controllato, anche se la voce risulta esitante e ansiosa.

Beatrice, a sua volta, si sente esausta, quella stanchezza sfibrante, prodotta dagli avvenimenti che non si son potuti fronteggiare né tanto meno prevenire. Ma Antonio è sangue del suo sangue ed è uscito dal suo grembo e fino a quando non si sarà svelata la verità dovrà aiutarlo.

«Avvocato, mi esponga le sue idee. Lei è a conoscenza delle varie fasi dell'avvenimento, ma chiddu chi c'è darriri, cioè le motivazioni, non lo sapremo né io né lei; però è mia convinzione che conoscerle e divulgarle peggiorerebbe la situazione. Invece si deve adottare una linea diversa, lei è l'avvocato, quindi la matassa da districare jè nni sò manu.»

Mariani rimane affascinato dal modo di parlare schietto di Beatrice e il suo linguaggio espressivo risulta quasi colto, ma anche dalla sua figura di donna e madre: fiera, orgogliosa e… disperata. Lo si legge negli occhi che è combattuta tra l'amore e il risentimento per il figlio assassino e l'angoscia per l'altra figlia morta per sua mano senza che la madre capisca il perché.

«Possiamo…» riprende dopo qualche minuto di esitazione l'avvocato «… prendere in considerazione, se lei lo consente, un'altra tesi del tutto diversa e le garantisco che suo figlio fra due anni al massimo sarà fuori…»

La donna lo scruta con espressione interrogativa.

«Si può proporre un delitto d'onore… Ho trattato un caso del genere qualche anno fa. L'imputata era una donna accusata di omicidio, rea confessa, ed è stato difficile fare applicare l'articolo 587 del codice penale a favore di una donna. Sa, ancora oggi anche nei tribunali si fa la differenza tra uomo e donna; ma la corte lo riconobbe e la signora fu libera dopo pochissimi anni», e la fissa speranzoso.

Beatrice non trova le parole per esprimere la propria indignazione. Si lascia cadere sulla poltrona come un peso morto e con le mani stringe con forza i braccioli, mentre lancia uno sguardo furente in direzione dell'uomo.

«Non si azzardi mai più ad infangare la memoria di mia figlia...»

Mariani comprende troppo tardi di avere espresso un'idea insensata considerando l'ambiente in cui si trova a svolgere il suo compito, ma giuridicamente la ritiene la più favorevole all'imputato.

«Mi perdoni, non volevo essere offensivo. Da avvocato ho espresso la strada più conveniente...»

«No, c'è un'altra ipotesi da valutare: la sorella scambiata per un intruso. Quell'angolo dello spiazzo, in prossimità della stalla jè o' scuru; 'a luna quella sera jera nascosta dietro le nuvole...» e aspetta la reazione di Mariani.

Quest'ultimo pensa che se quella donna avesse intrapreso degli studi di legge sarebbe stata un avvocato davvero di valore.

"L'idea non è da scartare; in fin dei conti è l'unico appiglio a cui aggrapparsi. Ma la signora ha ragione, forse, anche sull'altro versante: e se il vero motivo potrebbe danneggiare il ragazzo oltremodo? Bene. Imbastirò la difesa seguendo questa direzione e quel che sarà, sarà." Pensa.

«Seguirò il suo consiglio, signora, e le prometto che farò del mio meglio», e si congeda spinto dalla volontà quasi fanciullesca di non deluderla.

XV

La mattina del giorno fissato per il processo, dal paese partono due pullman pieni
zeppi di compaesani spinti dalla curiosità
morbosa nei riguardi della vicenda che presenta risvolti inquietanti.

Beatrice ha mandato ad Antonio, tramite
l'avvocato, il vestito della festa per il giorno
del processo.

Come in ogni aula di tribunale, soprattutto
riguardante un omicidio che ha fatto scalpore,
il pubblico si divide in due fazioni: chi pro-
pende per l'imputato chi per la vittima.

Allorché entra Antonio scortato da due
guardie carcerarie, un brusio si leva dai presenti. Il viso pallido e magro del ragazzo, il
suo atteggiamento dimesso incutono un senso
di pietà e di commiserazione.

Il processo si presenta difficile, ma bisogna
considerare che anche l'ipotetico intruso, se

esistente, è da ritenersi un essere umano e quindi spargli è pur sempre stato un omicidio.

Mentre Mariani espone la sua tesi, convalidata dai pochi testimoni invitati dalla difesa per presentare la figura di Antonio come un bravo ragazzo dedito allo studio e al lavoro nella fattoria di famiglia, il giovane imputato volge intorno lo sguardo nella speranza di scorgere tra quei volti anonimi quello della madre, pur sapendo che non sarebbe venuta.

"Mamà, perdonami!" e due grosse lacrime si cristallizzano nell'incavo degli occhi, come due perle nascoste nella conchiglia. Sfuggono alla maggior parte degli astanti, ma forse non a tutti, qualcuno più vicino se ne accorge e qualche colpo di tosse, caratteristico dell'emozione, si confonde con la voce altisonante dell'avvocato difensore o del pubblico ministero.

Sul banco dei testimoni, intanto, è invitato Salafia a esporre i fatti di quella sera, ma non palesa le sue perplessità; quello dovrebbe essere, semmai, il compito del pubblico ministero, sembra, però, che neanche questi abbia la volontà di sollevare obiezioni o approfondire il movente che appare un po' lacunoso. Anche il dottor Piazza è chiamato a esibire i risultati dell'autopsia, ma né il primo né il secondo volgono lo sguardo verso l'accusato, che assorto cerca in tutti i modi di turarsi le orecchie ogni qualvolta viene menzionato il nome di Teresa.

Alcuni giurati, pur attenti al dibattimento, tengono gli occhi fissi sul giovane alla sbarra, al suo viso di ragazzo modesto e dall'espressione infelice e angosciata, e a lui accostano l'immagine di una ragazza diciottenne, nel fiore degli anni, stroncata da una crudele fatalità.

È difficile giudicare; in questo dibattimento l'imputato è uno, ma le vittime sono due.

Il processo, nel suo complesso, dura circa un mese, tra udienze rinviate, file di testimoni che in fondo sostengono le stesse opinioni, e si svolge senza colpi di scena o rilevamenti da evidenziare. Fino alla finale appassionata arringa dell'avvocato difensore che conquista e affascina tutti. Fa rilevare tra l'altro non solo la giovane età e l'impulsività ad essa legata, ma il desiderio quasi ossessivo di protezione verso la sua famiglia dopo la disgrazia del padre.

Il lavoro della giuria pertanto si presenta difficile pur nella sua apparente semplicità, perché si dovrà valutare anche l'indole del ragazzo, la volontà di uccidere o meno, l'errore dello scambio di persona che non sminuisce di tanto il gesto, perché pur di delitto si tratta.

Qui entra in scena e interviene la coscienza e l'umana natura dei componenti della giuria: condannare il ragazzo, pur con tutte le attenuanti possibili, punendolo per l'omicidio commesso oppure essere clementi e dargli un'altra chance di vita considerando che sta già espiando col rimorso la sua colpa per essere stato l'artefice della morte di una persona cara?

Intanto nell'attesa, il pubblico rumoroso è ripreso più volte dal cancelliere: chi tifa per la tenera vittima si aspetta un verdetto severo, chi per l'imputato, impietosito dall'immatura età e per lo svolgimento drammatico degli eventi, spera in una mite condanna.

Dopo lunghe ore di attesa, rientrano i giudici e la giuria: i giochi sono stati fatti.

Il presidente del tribunale legge la sentenza: «... la corte ritiene l'imputato colpevole di omicidio preterintenzionale, concesse le attenuanti generiche, lo condanna ad anni quattro e otto mesi di reclusione... scontata la pena verrà sottoposto a libertà vigilata per la durata di due anni...»

L'avvocato Mariani esulta.

Antonio indifferente non si è reso conto di essere stato quasi graziato e non vede l'ora di uscire dall'aula e quando finalmente si allontana scortato dalle guardie, tiene il capo chino volendo scomparire al più presto dalla vista di tutti.

Il silenzio perdura a lungo, anche dopo la lettura del verdetto, fino a quando, alla spicciolata, la gente sgombra l'aula e soltanto in corridoio si alzano sottovoce i primi commenti.

Nessuno ha osato applaudire o fischiare alla lettura della sentenza, come solitamente accade nei processi coinvolgenti emotivamente il popolo.

XVI

Nella sala d'attesa del carcere Beatrice attende l'ora del colloquio. Non vede il figlio da dieci mesi, esattamente da quella tragica sera in cui la vita di tutti è rimasta sconvolta.

Antonio non aveva l'intenzione di uccidere Teresa, questo è fuor di dubbio, adesso è giunta l'ora della verità. Non ha il tempo di formulare altri pensieri che viene chiamata per raggiungere il parlatorio.

Come troverà il figlio? Che reazione ella stessa avrà nel trovarselo dinanzi dopo tutto quel tempo? E lui?

Le ha scritto che in carcere ha ripreso gli studi e si è iscritto al terzo anno presso l'istituto professionale agrario e spera di tornare a casa già col diploma.

Ma lei non ha risposto alle sue lettere.

Se non verrà aperta quella porta sprangata della sua mente che racchiude il mistero, sua madre non riprenderà a vivere.

Ora, eccolo, una barriera sottile di vetro li separa. Ne nota il ciuffo ribelle sulla fronte, il viso più pieno, disteso, quasi sereno. Ma una leggera ruga sulla fronte tradisce la sua pena interiore mai sopita.

Fino a quel momento la madre non ha pensato a lui come a un figlio amato, ha ignorato la sua angustia e il suo tormento e si è concentrata soltanto sulla perdita straziante di sua figlia.

«Ciao mamà…» e la sua voce è incerta, quasi un sussurro.

Beatrice non risponde, lo fissa dritto negli occhi e lo inchioda a un muro invisibile ma duro e impenetrabile, che solo la verità potrà perforare.

Antonio si ritrova con la mente in tribunale: un condannato in attesa del giudizio.

Si guarda intorno per sfuggire quella lama di acciaio che lo penetra senza pietà, e a nulla vale serrare le labbra per evitare che le parole vengano fuori insieme al respiro soffocato prodotto dall'ansia.

«Mi dicisti tante volte *sbagghiaiu*. 'A

liggi pensa che ti riferivi a un fantomatico ladro, ma tu e j sapimmu che non è vero. Latri nun ci nni sunu stati mai, specialmente intorno 'a casa. A ccu ti riferivi?»

Una domanda netta che aspetta una risposta altrettanto precisa.

Il figlio la guarda sgomento: come può dirle la verità? Le spezzerebbe completamente il cuore di già a brandelli; come può? Ma la menzogna o il silenzio, a questo punto, renderebbe vana la morte ingiusta di Teresa, pertanto è giunto il momento che lei sappia.

«Mamà, m'ha pirdunari du' voti: una, per l'errore imperdonabile che ho commesso, due ppi chiddu che ti sto per dire e ti procurerà altro dolore.»

Lei non sembra accorgersi del dilemma penoso del figlio e il suo sguardo penetrante lo incita a non tergiversare ancora; crollasse il mondo, i muri del carcere, tutto ciò che la circonda, il suo stesso cuore, i cui battiti sembrano affievolirsi in attesa di un pretesto per rivivere o morire del tutto, ma deve sapere.

«Volevo uccidere lui…» quasi grida a bruciapelo, e la fissa, temendo una reazione sconsiderata.

Ma lei ancora non comprende.

«Lui?» ripete. Poi, come un fulmine si fa strada nella sua mente l'unica figura estranea al suo nucleo familiare originario, quindi, fra di loro c'è un solo *lui*: Liborio. «Perché?» fa ancora confusa, non riuscendo a cogliere la verità dietro quel semplice pronome pronunciato con odio.

«Gli ultimi mesi di mà suru sono stati un inferno...» e gli occhi gli si riempiono di lacrime.

Ecco la verità celata dietro queste parole nude e crude, intollerabili.

Fissa il figlio ma non guarda lui, bensì dietro, sulla parete, evocando il volto di quel verme schifoso che si è infilato nel suo letto per distruggere la sua famiglia.

«Mi nni accurgìu 'na sira, quannu mi attardavo nna stadda col cavallo nuovo. Andai nna pagghialora per prendere 'na gregna di fieno e li ho visti: Teresa distesa sulla paglia che si dimenava e iddu che mugolava comu un cagnulu. Mamà, a va' 'mmazzari allura! E mia sorella sarebbe ancora ccà! Il rimorso per non

averlo fatto mi torturerà finché campo... mi
pariva impossibile, e poi, lei non gridava...
Ora capisco perché, non per il fatto che fosse
consenziente, ma per non darti un duluri accussì ranni! L'orcu 'n casa! Oh, Teresa mia,
cchi t'haju fattu!» si ferma disperato scrollando il capo più volte.

«Dda sira maliditta mi era parsu veramente
iddu che andava 'a *pagghialora*, perché ci andava ogni sera a prendere il fieno per gli animali, e poi, avevo visto mà suru ancora in cucina. Idda, cchi ci faciva ddà? Questo non potrà dircelo mai.»

Ogni parola è arrivata al cuore della madre
come una coltellata, mentre la sua mente va
indietro nel tempo; le si para innanzi il volto
della figlia, pallido, triste, con le borse sotto
gli occhi... Quando aveva perso il sorriso?
Quando era diventata taciturna, chiusa in sé
stessa, solitaria - e ora che ci pensa - quando
aveva iniziato a non guardare in faccia nessuno? Si odia, e vorrebbe conficcarsi un coltello e girarlo e rigirarlo per martoriare le sue
carni.

Com'è che non si è accorta di nulla? Presa

dalla semina, i raccolti, i conti, ha permesso con la sua assenza e la sua negligenza il delitto più atroce: l'innocenza della figlia violata insieme alla sua gioia di vivere e alla sua anima pura.

Il fratello inconsciamente ha chiuso il cerchio immorale.

"Figlia mia adorata, io ho permesso tutto ciò! Pirchì, figghia d''u ma' cori, non ti confidasti ccu tò mà? Temevi che non ti avrei creduta? No! No! Ti avrei protetta fin dal primo cenno e lo avrei cacciato a calci in culo. Non l'ho capito, figghia mia, ti giuro! Perdonami! Ma pagherà, sta' sicura che pagherà e anche tu troverai pace!"

«Ma un ti passà pp''a testa di avvisarmi? Così poca stima avete avutu tu e tò suru, di vostra matri?»

Il tono di Beatrice è nell'insieme di rimprovero e di accoramento profondo.

«Si, ha' ragiuni, ma non ho riflettuto ed ero pieno di rabbia, e lo volevo cancellare d''a facci d''a terra. Un odio mi ribolliva dentro che mi sintiva scoppiari. Sì, mamà, haju sbagghiatu assai, ma un si po' turnari 'nnarriri!»

Mamma e figlio si guardano intensamente, senza più parlare. Le parole sono diventate di pietra, e ognuna è arrivata colpendo con violenza direttamente l'essenza stessa della loro anima.

Il tempo concesso per il colloquio è terminato. Beatrice appoggia la mano sul vetro divisorio in direzione di quella di Antonio e le due mani accostate frontalmente combaciano come se fossero congiunte.

«Tornerò...»

«Mamà, ora sono io ad ammonirti: non fare pazzie. Sta' attenta!»

Lei fa sì con la testa e si avvia in fretta, e paradossalmente quasi lieta, verso l'uscita.

Già pregusta con sollievo la resa dei conti, tardiva ma risolutiva.

XVII

L'ultimo raggio di sole rimbalza attraverso la tettoia sollevando un pulviscolo nero che galleggia in aria, sospeso come i pensieri offuscati dell'uomo che se ne sta tenendo una mano appoggiata al pilastro di sostegno, mentre tra le labbra stringe un filo d'erba a mo' di sigaretta. Mantiene il corpo eretto e lo sguardo perduto nel vuoto; le palpebre semiabbassate per quella sottile lama di luce che lo colpisce in viso.

Ha i lineamenti contratti, quasi a deformare la bella faccia di maschio consapevole della sua virilità. Cosa pensa?

Lei gli è alle spalle.

Ha preso dalla rastrelliera l'unico fucile da caccia rimasto, l'altro è stato confiscato la sera stessa della disgrazia dai carabinieri e non ancora restituito.

L'arma è scarica, lei l'ha presa non per

usarla ma per far credere di essere carica e così non cedere alla tentazione di adoperarla per davvero.

«Quannu pusasti l'ucchi di rapace su ma' figghia?»

Egli si volge di scatto sorpreso, non l'ha sentita sopraggiungere e ora guarda la doppietta minacciosa di fronte a lui. Stupito e spaventato assume un'espressione di sorpresa come se volesse negare, ma guardando la donna comprende che sarebbe inutile, anzi, la irriterebbe ancora di più, con conseguenze non certo piacevoli per sé.

«Cchi vò fari, pazza!»

Finalmente scopre il suo vero volto: arrogante e vigliacco.

Ma lei non si scompone né si impressiona.

«Rispunni, figghiu di buttana!»

«Jera idda che mi si stricava addosso!»

«Sporco depravato, insozza ancora ma' figghia e 'sta vota 'a scupetta non sbaglierà persona. Ti era affezionata, lurido bastardo, e ti voleva bene comu un patri. Ma cchi ranni differenza ccu sò patri veru!»

Lui cambia tono.

«Cchi cridi che non soffra anch'io? Le volevo bene... l'ho cresciuta...» sembra che un singhiozzo gli strozzi la gola, ma la donna non si commuove.

«'A criscisti ppi approfittare e oltraggiare il suo corpo e 'u sò spiritu 'nnuccenti? Ipocrita!»

In quel momento si pente realmente di non aver caricato l'arma. Una bella rosa di pallini su quella faccia sfrontata e l'avrebbe resa ben sistemata, pronta per l'inferno.

«'Un 'u sacciu comu successi... Jera accussì bedda, fragili, tenèra...»

Ah, se l'odio fosse una pietra, un qualsiasi oggetto materiale, glielo getterebbe su quel muso falso e infido!

«Tò frati e tò ma' astura fanno le capriole dintra 'a tomba! Hai disonorato anche la loro memoria, sangu niuru!»

«Iddi un ci sunu cchiù per giudicarmi... e poi... non mi hanno mai capito...»

«Meglio per loro, altrimenti sarebbero morti di crepacuore. Ora basta parrari. Un ti vugghiu cchiù sentire né vedere, mai più! Spiriscimi davanti. Nuatri, per la legge, un simmu mancu maritati, quindi, senza perdere altro tempo, vattinni d' 'n casa mia ccu i suli cazi di tila comu trasisti. Fusti la mia rovina, ti mangiasti i ma' figghi, fitusu! E sta attentu a comu parri, pirchì 'u tiru che fallì a ma' figghiu j nn'u sbagghiu di sicuru!»

Poi, con tono ironico prosegue «Un basta 'na ciancianedda chi penni ppi fare d'un masculu 'n omu, risti sempri n''u scunchiudutu e un pezzu di merda. Ora vatinni mentri ti nni po' iri ccu i tò pidi, pirchì 'u itu già mi trema sul grilletto.»

Liborio la vede troppo determinata per non capire che lo farebbe veramente.

«Un finisci ccà... devo prendere le mie cose e devo entrare...»

«Non ti azzardare! Ccu tutti i tò rudduli farò un bellu burgiu di Santa Lucia e disinfettammu 'a casa e ogni cosa...»

«Te ne farò pentire...! 'A fattoria jè anche mia... me la pagherai!»

«Nuatri un simmu nenti, non abbiamo nulla da spartire, sparisci e non farti vedere mai più, prima che mi metta l'altoparlante e dicu a tutti cchi facisti!»

Lui fa l'atto di prendere il calesse, ma è sicuro che lei non glielo permetterebbe; borbottando minaccioso imbocca il viale d'accesso e si avvia verso l'uscita.

Lei l'accompagna con lo sguardo fino a quando non scompare alla sua vista.

Dovrà addestrare due dobermann per la guardia notturna e istruirli a dovere per scagliarsi contro chiunque tenti di entrare nella proprietà, pensa.

Infine, si gira e rientra in casa provando una prostrazione profonda che le dà la netta percezione di come si fosse sentito Gesù Cristo nel Getsemani con tutto il peso dei nostri peccati addosso.

XVIII

TERESA

Io non avevo alcuna intenzione di intervenire, l'autrice mi ha costretto a venire allo scoperto per delineare la situazione mia personale che dall'esterno non si può conoscere nei particolari.

Per me sarebbe andata bene così: poche battute, poche scene e già il lettore sarebbe stato in grado di comprendere la mia tragedia privata, e cioè le violenze subite più che la morte.

Pertanto questo capitolo è da considerarsi un tassello a sé stante, per cui può essere inserito o tolto all'insieme della storia, nell'uno o nell'altro caso nulla toglie o aggiunge all'intera narrazione.

Devo confessare che avevo sempre considerato l'innominabile lo zio che portava allegria, che ci voleva bene, che ci faceva giocare a carte e ci insegnava anche a barare; raccontava le storielle del bar e le battute a doppio senso degli amici, che in verità davano fastidio alla mamma.

Quando è venuto a far parte della nostra famiglia, ne siamo stati noi ragazzi tutti e quattro felici; più che un secondo padre (perché nessuno avrebbe potuto sostituire nel nostro cuore papà) sarebbe stato un fratello maggiore, vicino alla nostra età e avrebbe capito meglio le nostre esigenze coadiuvando la mamma quasi sempre occupata.

Così almeno speravamo.

Intanto il tempo trascorreva.

La mamma continuava ad essere sempre indaffarata non avendo trovato in quel nuovo marito la spalla con cui avrebbe condiviso fatiche e responsabilità.

Ci accorgemmo, anche noi ragazzi, che non era la persona che conoscevamo. Mano a mano che si insediava nella nostra casa e nella nostra vita mostrava un lassismo sempre più palese e fastidioso, e anche nel linguaggio era diventato lascivo e allusivo mettendoci a volte a disagio.

La mamma diventava sempre più nervosa

non solo per la stanchezza, ma anche perché certi argomenti non voleva che venissero intrapresi soprattutto in presenza dei miei fratelli più piccoli.

La nostra crescita umana e fisica non era naturalmente legata né determinata dalle vicende della famiglia; vedevo, infatti, il mio corpo svilupparsi e formarsi e i seni sbocciare come le gemme sui rami del mandorlo; e un po' me ne vergognavo. Quasi mi dispiaceva superare l'adolescenza, perché dovevo abbandonare pensieri e atteggiamenti di fanciulla e assumere comportamenti consoni all'età più matura.

I libri di papà mi aiutavano a crescere nella mente e nello spirito, sognavo un amore tenero, appassionato, protettivo, come quello che aveva unito i miei genitori.

Amavo la vita e, pur con tante difficoltà, mi sentivo felice.

L'inizio della brutta cosa avvenne in pieno giorno di un anno fa circa: mi trovavo in cucina, appoggiata al lavello a lavare i piatti, mentre Rosaria spazzava il pavimento della stanza da pranzo dalle briciole e dalle tracce di terra lasciate dalle scarpe di chi non le aveva pulito all'entrata.

Quando all'improvviso, poiché non avevo avvertito il suo sopraggiungere silenzioso, sentii il suo membro duro premuto sulla mia coscia. Rimasi paralizzata. Sentivo il suo alito puzzare di vino sul collo e il suo petto ansimare come... non so definirlo.

«I tò capiddi odorano di viole», biascicò in un sussurro. Si staccò di colpo e fischiettando si diresse verso l'uscita. Da quel momento ebbe inizio il mio calvario. Non ci fu un attimo della mia giornata che, trovandomi da sola, non venisse a strusciarsi come un serpente su di me.

La tentazione di gridare era forte, ma pensavo alla mamma, e desistevo.

E questa fu la sua forza, e io allora non me ne resi conto.

«Si fa ancora accussì, lo dico a mamà...» era il mio debole e disperato tentativo per porre fine alla persecuzione.

«Ti dugnu fastidio?» lo disse con tono sfrontato come se mi sfidasse.

Mi ero illusa che in fondo mi voleva bene

e non mi avrebbe fatto del male; ma ero troppo ingenua allora per capire il male, in tutti i suoi aspetti, racchiuso nell'animo umano.

«Smettila, allora, Libò…»

«Mi sei entrata nel sangue un'a caputu ancora?»

Non sapevo cosa rispondere.

«Stattene zitta, si vò beni a tò ma'!»

Mi trovavo in una situazione imbarazzante che mortificava la mia femminilità e insozzava la mia giovinezza.

Cercavo di non rimanere mai sola in un ambiente, ma venne una volta di notte, mentre Caterina dormiva e io mi accingevo a mettermi a letto e nella casa regnava il silenzio più totale. Riuscii quella volta ad allontanarlo, perché Caterina si mise a tossire e con gli occhi chiusi mi chiese dell'acqua.

Non mi sentivo più al sicuro nemmeno tra i quattro muri della mia stanza. L'ansia mi prendeva ogni qualvolta egli girava per casa, perché era diventato subdolo e infido, o forse lo era sempre stato e non ce ne eravamo accorti, neanche la mamma. Presi allora l'abitudine di seguire quest'ultima nei suoi spostamenti per la tenuta e l'aiutavo nei lavori che svolgeva.

A tavola e fuori sotto la tettoia sentivo lo sguardo di fuoco dell'innominabile spogliarmi e farmi sentire nuda alla mercé delle presunte occhiate di chiunque si avvicinasse a me.

Mi ritiravo nella mia stanza e mi sedevo ai piedi del letto di Caterina a raccontarle storie fino allo sfinimento.

Mi aveva tolto la gioia di vivere e ogni mattino, al sorgere del sole, maledicevo quel giorno ancor prima che rivelasse la sua luce radiosa.

Intanto mi ero estraniata da tutto ciò che mi circondava. A volte sentivo lo sguardo indagatore della mamma su di me; era preoccupata, lo capivo, ma non poteva mai giungere a pensare, o semplicemente ipotizzare, l'orrore fisico e psicologico a cui ero sottoposta. Desideravo veramente confidarmi con lei; come l'avrebbe presa? Ne sarebbe rimasta umiliata, addolorata, schiacciata psicologicamente? Ma soprattutto, mi avrebbe creduto?

Oppure avrebbe pensato, come era l'argomento preferito del suo ricatto, che ero io a stuzzicarlo? Ero talmente confusa che non riuscivo a ragionare con chiarezza.

Una sera, avevo messo a letto la mia sorellina, quando lui, affacciatosi alla porta mi lanciò uno sguardo furente, come se fosse arrabbiato e mormorò sottovoce:

«Ti spittu a' pagghialora, ti devo parlare», e sparì.

Se fossi stata meno ingenua e più accorta (quella sera mi sarei dovuta portare il coltello) non sarei caduta nella trappola, ma mi erano sconosciute le sottigliezze del male.

Antonio era andato nella stalla ad accudire il cavallo che doveva partecipare alla competizione, la mamma sonnecchiava sulla dondola e Luigi ai suoi piedi suonava l'armonica che lui gli aveva regalato qualche giorno prima.

Varcata la soglia d''a *pagghialora*, mi aggredì a tradimento alle spalle e mi ritrovai distesa sulla paglia senza avere avuto il tempo di aprir bocca.

Mi morsi la lingua per non urlare, ma

dentro di me speravo che qualcuno entrasse all'improvviso e ponesse fine alla tortura.

Ma non entrò nessuno.

Furono attimi lunghi un'eternità e paradossalmente invece di angosciarmi per il dolore fisico che mi lacerava dentro o per il dispiacere di mamma se ne fosse venuta a conoscenza, mi vidi crollare addosso tutti i sogni di ragazza, tutto quello che papà mi aveva trasmesso attraverso le sue letture e poi divenute mie, i suoi libri con le loro storie toccanti di eroi ed eroine, di quell'amore donato, segreto, profondo, non rubato, vederlo anche negli occhi del ragazzo che avrei voluto conoscere e amare.

Amore, tenerezza, gioia, sentimenti che non avrei condiviso con nessuno, perché mi aveva sporcato e questa macchia non si sarebbe mai cancellata, qualunque fosse stata la mia vita futura.

Dopo, non ebbe il coraggio di guardarmi in faccia, si sistemò le *brache* e a capo chino - falsamente mortificato - mormorando qualcosa che non capii, uscì fuori di corsa come inseguito.

Mi rialzai con fatica e dolorante in tutte le parti del corpo; dovevo porre fine a quel supplizio in un modo o nell'altro.

Seguì un breve periodo di tregua, ma io avevo già preso la mia decisione: dovevo tenere sempre in tasca un coltello e mi sarei difesa.

Quella tragica sera mi stavo recando 'a *pagghialora* all'appuntamento che io stessa gli avevo dato per porre fine alle persecuzioni, dopo che il giorno prima mi aveva afferrato con un braccio alla vita strizzandomi un capezzolo. Il dolore che provai mi fece mancare il respiro.

Quando fui colpita dallo sparo e in seguito tutti i presenti si avvicinarono e si chinarono sul mio corpo, nessuno di loro fece caso a un grosso coltello appuntito scivolatomi di mano prima che mi accasciassi al suolo e che qualcuno, involontariamente, aveva raccolto e posato sulla *ticchiena* addossata al muro, proprio a *cantunera*. Nemmeno i carabinieri, sopraggiunti poco dopo, se ne accorsero.

Era l'arma con la quale avrei posto la parola fine alle nefandezze di quel mostro dal viso di uomo perbene, che mi aveva rubato con la verginità anche la voglia di vivere.

A tale scopo gli avevo chiesto di incontrarci.

Ma è andata diversamente.

Mamma, perdonami se non mi sono confidata con te, ora so che mi avresti creduto e tutto ciò non sarebbe accaduto.

PARTE SECONDA

XIX

I primi mesi di detenzione, dopo la sentenza definitiva, furono per Antonio molto difficili da tollerare: doveva dividere la cella con altri tre detenuti rumorosi e bestemmiatori, e solo nell'ora d'aria poteva prendere i libri per applicarsi nello studio, dopo che gli era stato concesso di continuare il suo corso scolastico, per sostenere alla fine dell'anno gli esami. Gli furono donati libri e quaderni e due volte a settimana un insegnante si recava alla prigione e lo aiutava nelle esercitazioni e nelle relative verifiche.

Quando per la prima volta, dopo quasi un anno, gli fu annunciata la visita in parlatorio dell'appuntato Salafia, il primo istinto fu quello di rifiutare, ma poi, ricordando le parole della madre riguardo all'appuntato, relative alla sua discrezione e vicinanza quasi protettiva (in realtà andava a controllare ogni

tanto se Beatrice era oggetto di visite spiace-
voli o indesiderate) che continuava a dimostrare nei riguardi della sua famiglia, accondi-
scese.

L'uomo di legge rimase piacevolmente sorpreso dell'aspetto tranquillo e ben curato del
ragazzo; l'ultima immagine era infatti quella di
un fanciullo spaventato e disorientato.

Anche al processo, pur ben vestito, non
aveva abbandonato quell'espressione cupa e i
lineamenti tirati.

«Come te la passi?» lo salutò in tono con-
fidenziale.

«Come uno in galera», rispose ironico il
giovane.

Salafia incassò sorridendo.

«Vedo che stai bene...»

Antonio, con sua stessa sorpresa, si trovò a
proprio agio, come se fossero seduti in sa-
lotto, l'uno di fronte all'altro, in amichevole
conversazione, senza vetro divisorio, senza
tavolaccio su cui appoggiare i gomiti, senza la
cornetta per parlare.

Batté più volte le palpebre prima di esor-
dire quasi sottovoce.

«Le chiedo scusa, appuntà, per come mi sono comportato...»

«Forse è stato meglio così, la verità avrebbe fatto ancora più male a te e alla memoria di tua sorella...»

Aveva gettato l'amo intenzionalmente per fargli aprire il cuore, anche se ormai ufficialmente era stato considerato un caso risolto e l'iter concluso. Ma l'altro non abboccò e il suo sguardo sfiorò la figura dell'appuntato con espressione neutra.

Salafia ricambiò lo sguardo con più intensità e insistenza, perché potesse capire che aveva intuito ogni cosa e letto profondamente nel suo animo, venuto anche a conoscenza della cacciata del patrigno, da parte di sua madre, dalla casa e dalla fattoria. Di conseguenza egli aveva fatto due più due... Ma non gliene fece cenno, e neanche con Beatrice ne aveva parlato per rispetto e discrezione, e lei gliene fu perennemente grata.

«So che hai ripreso gli studi... mi fa veramente piacere...»

«Sì, anche si jè difficili nni 'sta cella...»

«Che intendi?»

«Simmu in quattro, non c'è un minuto di silenzio, si prendono continuamente in giro, sganasciandosi dalle risate... infiocchettando il tutto con colorite bestemmie... jè quasi impossibile concentrarsi...»

«Vuoi che parli col direttore?»

Antonio non rispose, scrollò le spalle, poi fece di sì con la testa.

«Vediamo cosa si può fare... Ora vado. Devo riferire qualcosa a tua madre?»

«L'altro ieri fu ccà...»

«Verrò a trovarti ancora, ogni qualvolta il mio lavoro mi porterà in città. Qualunque cosa tu abbia di bisogno, fammelo sapere tramite tua madre. Statti bene.»

«Grazie.»

L'indomani, di buon mattino, prima dell'ora d'aria in cortile, una guardia aprì la porta della cella.

«Torrebianco!», tuonò, «prendi le tue cose, si sloggia!» e senza dare una spiegazione rimase in attesa dinanzi all'uscio.

Fu accompagnato nel braccio inferiore e introdotto in una cella più piccola ma con un solo inquilino: Carmelo Portabene, detto 'u *tignusu*, casualmente suo concittadino, condannato a quindici anni per aver ucciso la moglie durante una lite sotto gli effetti dell'alcool, in altre parole ubriaco fradicio.

Era un uomo mingherlino di mezza età, il viso scarno, su cui spiccavano due occhietti di topo, vispi e mobili, apparentemente silenzioso, ma appena venuto a conoscenza che erano compaesani, cominciò a martellarlo di domande che in un primo periodo Antonio soddisfece, poi gli fece capire che non potevano parlare tutto il tempo, perché lui doveva studiare. L'altro si ritirò in un angolo mortificato, ma il giovane impietosito capì che l'uomo aveva bisogno di parlare, chissà da quanto tempo si trovava da solo! Però fecero un patto: nei momenti di riposo potevano chiacchierare tranquillamente, nelle ore di studio se ne doveva stare nel suo angolo.

La loro convivenza andò avanti bene, con soddisfazione di entrambi. Carmelo *'u tignusu* si rivelò un buon ascoltatore ma anche un uomo che non vedeva l'ora di sfogarsi, di aprire la sua coscienza con qualcuno di cui potersi fidare. Poco alla volta cominciò a raccontargli sprazzi della sua vita, senza entrare in particolari intimi, solo che anche lui, come il suo interlocutore, era tormentato dal rimorso per aver ucciso, senza averne avuto alcuna intenzione, l'unica persona che lo sopportava pazientemente e alla quale lui voleva bene quando era sobrio e lontano dal demone che lo dominava: la moglie.

«Tu si' 'nu bravu carusu, si' ccà ppi sbagghiu, j ppu mà viziu dannatu chi tanti voti m'ha misu nni guai.»

Antonio provava pietà per questo derelitto come lui al quale la vita non aveva concesso nulla, ma, a volte, il suo parlare era misterioso.

«T'ha guardari di certi galantumini chi caminanu ccu 'a panza all'aria e i naschi all'irta…» Ma quando il giovane gli chiedeva di essere più chiaro e a chi si riferisse tergiversava o si fermava di botto.

Una cosa però Antonio aveva intuito: il suo compagno di cella provava un autentico terrore, non aveva però ancora capito di chi o di cosa, perché non aveva afferrato in pieno il senso delle sue frasi mozzate, circostanze e avvenimenti appena accennati; ma quando si sbottonava e alludeva a certi episodi che per Antonio non avevano per il momento alcun senso, lo sorprendeva a tremare.

Si, ne era certo, il suo compagno era spesso preso dal panico senza una ragione visibile, ma reale per lui.

«Anchi ccà cci su' orecchie e occhi che ti sentono e ti vedono e ti spianu, e 'a fari finta di essiri surdu e urbu, si vo' campà.»

Nell'ora d'aria, per esempio, non stava mai fermo e tranquillo, si guardava continuamente intorno con occhi sospettosi, soprattutto se qualcuno si avvicinava a lui anche per scambiare qualche parola.

Così ebbe inizio il suo lungo periodo di detenzione, in compagnia di un ex ubriacone che di giorno stuzzicava la sua curiosità con frasi pronunciate a metà, mentre di notte parlava nel sonno a ruota libera. Inizialmente ciò lo infastidiva procurandogli un'insonnia intollerabile, poi, via via che iniziava a comprendere il significato di quelle frasi o esclamazioni o addirittura qualche nome, capì che in futuro avrebbe avuto in mano degli esplosivi più micidiali di quelli veri.

XX

Quando il portone del carcere, dopo quattro anni, si riapre per consentire ad Antonio di uscire, è un primo mattino di aprile. L'aria è ancora frizzante e lo spiazzale deserto, solo un furgoncino color sabbia sosta accanto al muretto di cinta.

Appena fuori, il giovane mette giù la valigia sul selciato di basole scure e allarga le braccia dinanzi a sé come se volesse racchiudere in un abbraccio quella limpidezza di cielo di cui ha guardato per anni, dalla limitata area del cortile, una fetta appannata ed estranea al suo cuore e ai suoi occhi.

Indugia qualche altro minuto prima di avviarsi verso il furgone che lo aspetta paziente, mentre respira a pieni polmoni l'aria tonificante della libertà.

La prigione ha cambiato Antonio, non come luogo di per sé, ma perché gli ha dato modo e il tempo di riflettere, senza però mitigare la sua pena, ma rendendola meno amara nella possibilità di pianificare progetti e formulare piani, perché potessero avverarsi le sue aspettative.

Ha capito che agire non significa seguire i moti d'animo nei momenti di ira eccessiva o di emotività incontrollata, ma programmare con ponderatezza gli interventi e tenere sotto controllo gli impulsi e misurare i gesti.

Il suo viso è composto, rilassato; non è giunto il momento di pareggiare i conti, lo deve a sua madre che ha troppo sofferto e necessita di una tregua alle sue pene. Tutto a suo tempo.

Ora non vede l'ora di rientrare alla fattoria e prenderne le redini, mettendo a frutto tutto quello che ha imparato sui libri insieme all'esperienza della mamma e il supporto delle nuove tecnologie per farne un'azienda moderna ed efficiente. Avrà, nel contempo, l'opportunità di perfezionare i suoi propositi meditati e messi a punto nelle lunghe notti in cui i pensieri si liberavano dall'involucro mentale e perdevano la loro natura astratta per trasformarsi in fatti concreti e realizzabili.

Nell'attimo in cui Beatrice stringe a sé il figlio, avverte un brivido lungo la schiena: non è la gioia di riaverlo a casa dopo tutto quel tempo né l'emozione di vederlo libero e alfine colmare quel vuoto che lei sente dentro di sé e nella vita quotidiana, no, è... paura.

Lo sguardo di Antonio non è più quello di un ragazzo indifeso e ingenuo, ma l'espressione di un uomo risoluto e deciso, con una luce particolare che la madre non riesce a definire, inflessibile, quasi spietata.

«Antò, figlio mio, la vita ci ha messo a dura prova, ora pensa sulu 'a fattoria, tuttu 'u ristu jè 'u passatu, che non dobbiamo dimenticare, ma ci deve aiutare a jri avanti.»

«Sì, mamà, un ti agitari, non farò colpi di testa. Teresuccia resterà sempre viva nnu ma' cori, però, sta' certa mamà, che 'a giustizia arriverà... prima o poi... comu ppi mia... arriverà!...»

«Nun parrari accussì... mi vo' fa' moriri? Dobbiamo convivere col nostro dolore e continuare a lottare.»

«Mamà, sta' quieta, i nostri cari morti ci

proteggeranno… j vugghiu sulu stari tranquillo ccu tia e i ma' frati, e travagghiari. Ti prometto che non farò nulla di insensato.»

Ogni mattina egli si reca in caserma a firmare il registro di presenza, a seguito della libertà condizionata a cui è sottoposto.

Un giorno incontra l'appuntato che lo apostrofa amichevolmente:

«Ehilà, Antonio, tutto bene?»

Il giovane accenna un sorriso spianando le linee appena visibili agli angoli della bocca.

«Bene, appuntà, sugnu ccà per la solita visita mattutina.»

Negli occhi, pur usando un tono scanzonato vi si legge un tormento struggente, un velo persistente come un'ombra che gli serve da protezione e da difesa.

Salafia se ne accorge e sente una gran pietà per quella giovane vita che forse non troverà mai una sua dimensione, perché è oppressa dal rimorso che niente e nessuno può essere in grado di lenire.

Le vicende umane possono distruggere una vita, ma non ciò in cui si crede né la luce che illumina il pensiero e lo sprona a operare sempre meglio.

Nell'animo di Antonio quella luce si è spenta cinque anni prima. Inesorabilmente.

* * * * *

Col trascorrere del tempo, Beatrice cerca di accantonare i suoi timori, perché vede il figlio notevolmente interessato a lavorare senza tregua e prendere a cuore il suo nuovo ruolo effettivo di capo-famiglia nonché appassionarsi in maniera consapevole a progetti concretizzabili per il potenziamento della fattoria, coinvolgendo anche il sedicenne Luigi che già ha acquisito delle conoscenze avendo dovuto aiutare la madre durante l'assenza del fratello.

Beatrice vorrebbe stringere forte al petto - se fosse un oggetto concreto - nel timore di vedersela sfuggire, questa parte di mondo che le rimane, fatta di affetti e di terra, nel terrore che il destino, nella sua corsa sconsiderata, gliela possa ancor di più dimezzare o addirittura portar via.

"Dio, ti ringrazio! Ti chiedo sulu un pocu di serenità e di pace".

XXI

È trascorso un anno dal ritorno di Antonio. La fattoria è visibilmente rifiorita; si respira una nuova aria, un senso di liberazione, un clima di giovinezza come ai tempi di Giovanni quando con la giovane moglie osava nuove tecniche con intraprendente abilità.

Antonio, seguito pari passo da Luigi, ha dato anima e corpo perché tutto andasse per il meglio, spinto dall'esempio del padre e spronando di continuo il fratello come se nel suo subconscio ci fosse la volontà o la necessità di passare il testimone.

È il tramonto dell'ultimo giorno di ottobre e i due giovani hanno appena terminato le incombenze che li hanno tenuti impegnati per quasi tutte le ore di luce; aiutati da Pietro e un *jurnataru* hanno preparato il terreno per la solita semina e i solchi prodotti dall'aratro si sono offerti morbidi e soffici al passo di chi ha lasciato cadere i semi nei bracci tenui della terra.

Luigi si dirige verso casa per lavarsi e indossare il vestito buono, perché lo aspettano gli amici in piazza *Convento* per il serale e quotidiano passeggio e guardare le ragazze che, a loro volta, a gruppi di tre o quattro a braccetto, camminano ridendo maliziose, per farsi notare. È la piazza degli incontri da molti anni: diverse generazioni di ragazzi e ragazze si sono dati le prime occhiate lì, sono nate le prime simpatie, c'è stato il primo approccio senza la sorveglianza invadente di mamma e papà.

Anche Beatrice sembra rifiorita, come la sua fattoria, ma è simile a una pianta rigogliosa senza profumo.

Lo specchio non le rimanda l'immagine di una donna soddisfatta e compiaciuta, gli occhi ancora limpidi appaiono turbati e ansiosi e le rughe agli angoli della bocca risultano visibilmente più marcate, come i solchi della sua terra, ancor di più testimoni vivi di fatiche, tribolazioni e dolori.

Accompagnerà fra poco Luigi e Rosaria in

paese col calesse, poi al rientro dovrà fare il rendiconto serale dell'attività del giorno e finalmente sulla dondola riposerà le sue membra appesantite soprattutto dalle ombre del passato, quelle luminose che hanno portato luce alla sua esistenza e quelle oscure che l'hanno coperta di tenebre angoscianti. Ma nel momento in cui chiuderà gli occhi all'oscillare della dondola, le sfileranno innanzi i volti delle persone amate e perdute e i pensieri fluttueranno liberi nell'etere. Lei si lascerà andare al vagheggiamento della mente e si arrenderà al piacere di quella solitudine, che però sarà colma di ricordi e di attimi irripetibili.

È il rituale di ogni sera, che le dà la forza per affrontare il giorno dopo.

Caterina studia nella sua stanza; è diventata un'adolescente riflessiva, giudiziosa, ordinata. Ha sistemato tutti gli oggetti cari a Teresa sul comò e li tiene come reliquie, nell'illusione che la sorella possa continuare a vivere all'interno di quel piccolo altare di memorie e di quel caldo ambiente che condividevano.

Intanto Antonio, rimasto in aperta campagna, si sta attardando sotto un ciliegio (che quest'anno ha dato molti frutti venduti a buon prezzo) a tagliare con le forbici qualche rametto secco. Dopo alcuni minuti, come colto dal languore dell'aria indolente del tramonto, si lascia scivolare lungo il tronco dell'albero e si siede sul terriccio mischiato alle foglie secche e a piccoli arbusti, allacciandosi le gambe con le braccia.

L'ultimo tenue chiarore rossastro del giorno al tramonto allunga l'ombra dell'albero come un'isola a sé stante, protetta da barriere invisibili.

Sospira mentre pensa se sia stata una buona idea il suo comportamento impulsivo e poco razionale di qualche giorno prima, ma che fino ad oggi non ha sortito alcun effetto. Cosa ha in fondo da perdere? Deve insistere e senza indugio.

Si rialza bruscamente, folgorato da un pensiero che non aveva ben valutato, raggiunge il caseggiato correndo, entra di filato nella sua stanza (Luigi ne è uscito da poco) e nella tranquillità accogliente e protettiva che avvolge la casa, si siede davanti al tavolino, tira fuori un quaderno e comincia a scrivere.

Quando la madre torna dal paese, egli ha già riempito alcune pagine; le raggruppa e le infila in una busta che chiude ermeticamente e la sigilla col suo nome e cognome scritto lungo i lembi.

«Mamà...», una pausa, mentre le si avvicina, «si m'avissi a succedere qualcosa...»

A quelle parole Beatrice impallidisce, portandosi una mano alla bocca.

«No... no... mamà, staju dicinnu per ipotesi, non è che mi deve succedere per forza! Se, dico se, avissi aviri quarchi incidente, 'na disgrazia, 'nsumma, devi portare immancabilmente 'sta busta all'appuntato Salafia. Solo a lui, mi raccomannu.»

Tace, mentre le porge la busta che lei prende automaticamente con lo sguardo fisso su di lui.

«Sarvala bene e scurdatilla. La devi prendere solo se mi accade qualcosa. Ma spirammu di no.»

«In quale guaio ti sei cacciato? Ancora 'mbrugghi e segreti? Non basta tuttu chiddu che abbiamo sofferto?»

«No, ma', sta' calma, nessun guaio e nessun segreto, però un ti scurdari d''a busta all'appuntato.»

XXII

È Antonio che porta la frutta e la verdura col furgoncino al mercato di Caltanissetta.

Quest'oggi è soddisfatto.

Ha in tasca un bel gruzzoletto che renderà contenta sua madre, perché le loro finanze stanno migliorando sensibilmente. Hanno estinto il debito con la banca e il loro conto è in attivo. Ora potranno comprare, pensando più alla qualità che al risparmio, le sementi e le piantine di prima scelta nonché un nuovo cavallo da monta, poiché l'ultimo Beatrice dovette venderlo per pagargli l'avvocato.

Il motore del furgoncino ogni tanto scoppietta, sarebbe ora di cambiare anche quello, comprato di seconda mano un paio d'anni prima del matrimonio di sua madre con quella carogna, ha già fatto il suo tempo.

Ha tanti progetti, Antonio, la speranza di poter, almeno in parte, sostituire degnamente il padre, onorare la sua memoria rendendo florida la fattoria e proteggendo la sua famiglia ridotta e forse per questo ancora più preziosa.

Il suo compito non è per il momento terminato: c'è un'altra faccenda che gli sta a cuore e vorrebbe realizzarla per tempo, perché non vede l'ora che i tasselli tornino al loro posto, non proprio tutti, almeno quelli risolvibili con le sue forze.

Dentro di sé sente un'allegrezza strana che squarcia in parte il buio della sua anima; probabilmente è la primavera, che, come la vita, con i suoi sbalzi di umori e di colori, è venuta a ricordarci il suo continuo rinnovarsi in ogni suo aspetto, e che nulla muore definitivamente.

Ha imboccato la stradella che conduce al Polino: un'antica regia trazzera, ora ristretta di parecchi metri a causa di proprietari dei terreni adiacenti che poco alla volta hanno ampliato le loro proprietà a discapito della strada. A destra oltrepassa il cancello dei fratelli Tringale e si inoltra ancora fino a raggiungere due grossi massi di roccia che restringono ancora di più il passaggio. Si è ripromesso molte volte di rimuoverli ora che i mezzi di trasporto non sono soltanto i carretti e i muli; sarà il suo primo pensiero l'indomani mattina, prima di iniziare le attività giornaliere. Si farà aiutare da Pietro e l'altro operaio che viene a giornata, armati di mazze e picconi... un botto fragoroso come una deflagrazione spezza letteralmente i suoi pensieri e il macinino sbanda di qua e di là su pietre, pali e filo spinato in una corsa forsennata a zig zag, andando infine a cozzare contro il masso più grosso catapultandosi nel terreno sottostante, sottomesso alla stradella di alcuni metri. IL corpo di Antonio è sbalzato fuori e il suo volo si conclude su un mucchio di pietre disposte a *cufularu*: quella specie di focolare cilindrico dove i contadini usano bruciare il mallo delle mandorle per farne cenere da utilizzare come sapone per lavare la biancheria. Un attimo, e la tragedia si è conclusa.

Il boato è rimbombato intorno ed è giunto anche alla fattoria dei Torrebianco, e Pietro è il primo ad accorrere seguito a ruota dagli altri.

Antonio è ancora vivo e Pietro, sollevandolo delicatamente, per non scuotere la testa penzoloni, intrisa di sangue, si accorge che la schiena del giovane si incurva in modo innaturale, come se fosse spezzata.

Lo adagia sull'erba e senza perdere tempo torna indietro, monta sulla sua lambretta e scende in paese a chiamare il medico.

Sono esattamente le 12 e 30 di quel giorno fatale, illuminato da un sole primaverile tiepido e foriero di speranze e di armonie del creato, ma non per tutti: la fatalità, il caso, il destino o la sfortuna ha contribuito alla realizzazione di un disegno concepito da una mente mostruosa e, per ironia, molto semplice nella sua attuazione.

Un incidente, all'apparenza casuale, cerca di porre la parola fine a un futuro di riabilitazione, di progetti, di serenità.

Beatrice è corsa trafelata ed ora è lì, ginocchioni, con la testa del suo ragazzo appoggiata sul seno: un'immagine non inedita, come un orrido replain: ed è così che la trova il dottor Piazza, accorso subito alla chiamata.

La scena lo turba profondamente, sembra che la sventura continui ad abbattersi su questa famiglia: la stessa posizione, il medesimo atroce dolore per un figlio, la stessa statuaria immobilità della madre, questa volta però alimentata da un esile filo di speranza.

Il medico cerca di tamponare la ferita alla testa, che appare molto profonda, perché causata da una pietra appuntita penetrata nel cranio, la cui estremità si trova ancora all'interno.

Purtroppo, anche le condizioni della schiena risultano preoccupanti. Naturalmente, non fa capire nulla alla madre che lo osserva con occhi speranzosi; per fortuna, ha avvertito l'ambulanza che sopraggiunge di lì a poco.

Antonio viene disteso su una barella e posto dentro il veicolo, che sfreccia veloce verso il capoluogo. Beatrice è salita con lui. Quando si rasserenerà, tutta la tensione accumulata la farà sprofondare in una apatica depressione; ma ora deve lottare per suo figlio, con la mano stretta a quella di lui.

"… Si m'avissi a succediri quarcosa…" le parole profetiche di Antonio le risuonano insistenti nel cervello; no, senza una ragione non poteva prevedere l'accaduto, nulla è predestinato, l'intervento esterno c'è stato sicuramente. Ma ora deve pensare a lui, nient'altro.

I carabinieri non sono stati avvisati per mancanza di tempo; anche perché si è trattato di un incidente casuale: lo scoppio di una ruota all'improvviso, causato possibilmente da un motivo banale e il veicolo rimbalza come una pallina di ping-pong. Ma Salafia, venutolo a sapere, intricato nelle vicende di quella famiglia con particolari attenzioni a causa della sua travagliata storia, a bordo della jeep si reca sul luogo dell'incidente.

Esamina con attenzione il camioncino malridotto, soprattutto la ruota incriminata: il copertone è in buona parte squarciato, un pezzo in frammenti... Strano, una lacerazione può andare, ma pezzetti di copertone staccati addirittura!... Infila la mano all'interno e una esclamazione poco colorita gli sfugge dalla bocca: sul palmo della mano spiccano quattro pallettoni di calibro 16, pallini di piombo da sembrare innocui alla vista ma così micidiali dentro la canna di un'arma da fuoco. Il quadro ora cambia: un incidente casuale diventa tragedia e tentato omicidio, se non addirittura omicidio. Si mette i pallettoni in tasca e si accosta pensieroso alla jeep, stacca la cornetta della radio per comunicare al suo superiore l'avvenuto incidente.

«Pronto, maresciallo, c'è stato un incidente quasi mortale in contrada Polino. Il giovane conducente è Antonio Torrebianco. In un primo tempo è sembrata una tragedia sfiorata per caso, ma ora ho ispezionato il veicolo e il terreno circostante; è interessante però la scoperta della vera natura del sinistro...»

«Perdiana, Salafia, venga al sodo, senza tanti giri di parole.»

Salafia ormai si è abituato all'impazienza del suo superiore, però lo infastidisce il fatto che lui semplifichi le vicende, senza riflettere che spesso sono le minuzie, i particolari a cui si dà poco peso, a fare la differenza.

«La ruota è stata colpita da una cartuccia calibro 16, quindi un agguato per un delitto, o quasi, premeditato.»

«Ci arrivo da solo, Salafia. Un tentato omicidio, allora? Non finirà mai quella donna di piangere? Ma perché il giovane? È uscito da poco dal carcere!»

«È quello che cercherò di scoprire.»

«Come pensa di agire? Io sono impelagato in queste scartoffie di denunce di animali scomparsi coi villici che mi soffiano sul collo, investighi lei e poi mi fa rapporto.»

"Te' pareva!" pensa ironico Salafia.

«Sicuramente c'entra la mafia, maresciallo, non so come né perché, ma le modalità con cui si è verificato l'incidente hanno la sua firma... Forse una tangente non pagata... una intimidazione finita male...»

«Invece io penso che bisognerà indagare sugli anni di prigione del Torrebianco; se si è fatto dei nemici o una promessa non mantenuta... indaghi in tal senso.»

«Mi sembra improbabile», risponde il sottufficiale contrariato, «dopo più di un anno dalla scarcerazione!»

«Insomma, Salafia, il caso glielo devo risolvere io a quattro o cinque chilometri di distanza?»

L'altro ingoia un'imprecazione e spegne la radio senza aggiungere altro.

Ritorna in sé stesso con fatica; quel pivello

lo irrita, ma deve sottostare ai suoi umori, perché è il suo superiore.

"Tutto calcolato", riprende a riflettere, "il luogo, la pericolosità del tratto di strada, la facilità dell'agguato, la scarpata senza muretto né rete di protezione perché il veicolo si sfracellasse con tutto il suo carico, soprattutto umano. Il classico delitto progettato nei particolari proprio per portare la morte."

"Chissà se il ragazzo ce la farà!" sospira rattristato.

Continua il sopralluogo del posto e scorge la pietra smussata e insanguinata proprio in cima a 'u *cufularu*.

"La caduta su queste pietre è stato il caso che ha voluto mettere la sua firma definitiva alla malvagia intenzione" considera, mentre si avvia verso la fattoria per interrogare qualcuno dei presenti qualora avesse assistito all'incidente o notato qualcosa di strano o sentito lo sparo prima dello scoppio della ruota.

XXIII

Nella cappelletta dell'ospedale, una figura inginocchiata ha lo sguardo rivolto con insistenza verso una statua della Madonna posta su un piedistallo all'angolo tra l'altare e il muro laterale. Vasi di fiori di varia specie e di diverso colore appoggiati a terra esaltano l'effigie modesta, umana e materna della madre di Dio.

Non si respira aria di mestizia all'interno del luogo sacro, ma un senso di tranquillità che porta al raccoglimento, ad aprire il cuore e guardarsi dentro, come in uno specchio che rimanda fedelmente la propria immagine.

«Lo so, sono in mancanza, ho avuto poco tempo ppi prijari, la vita non mi ha risparmiato nenti né gioie né dulura. Tu mi capisci, pirdisti tò figghiu, ma 'u ritruvasti, io perdetti mà figghia e un turnà cchiù. Ti prego, un mi livari anchi chistu ora... fa' che non mi lasci!»

Ha gli occhi asciutti Beatrice, non è tempo di piangere questo, ma di resistere ai colpi bassi della sorte e sperare che Dio volga lo sguardo verso di lei e perdoni i suoi errori e le sue debolezze. Ella può offrirgli solo il suo fallimento come donna e come madre e che abbia pietà di lei.

«Lo so, il mio errore più grande lo hanno pagato i miei figli; ma ora Ti scongiuro, madre mia celeste, non ho potuto salvare mà figghia, 'u gioiello cchiù prezioso della mia vita, fa che non muoia anche lui. Ti prego!»

Antonio si trova in terapia intensiva, in coma da sei giorni, e il primario le ha dato poche speranze: la ferita alla testa è profonda e potrebbe aver causato danni al cervello, mentre non sono stati in grado di esaminare bene la schiena con le apparecchiature idonee per non rimuovere il corpo e c'è il pericolo, nel caso si svegliasse, di rimanere paralizzato. Una diagnosi che non dà speranze, ma lei non intende arrendersi, fino all'ultimo respiro si affiderà alla misericordia di Dio.

«A volte è meglio la morte», una frase captata a volo mentre due medici discutono uscendo dal reparto passandole accanto, dopo che lei si è allontanata dalla cappella e si è diretta verso il divisorio che separa lo spazio per i parenti dalla camerata dove sono allineati i letti dei ricoverati in gravi condizioni. Si rimette al suo posto come fa da sei giorni, all'impiedi, dietro il vetro a guardare il figlio che sembra dormire, conscia di rivivere l'incubo del passato, mentre le si avvicina un giovane medico che lei ha visto spesso accostarsi al letto di Antonio e controllare a varie riprese la flebo o il respiro o l'ossigeno.

«Signora, vada a casa, non può starsene qua nell'ora delle visite e le altre ore in sala d'attesa. Si vada a riposare e a mangiare, perché non può bastare un panino per nutrirsi; la informeremo noi su eventuali variazioni. Le condizioni di suo figlio sono stabili, anche se gravi; lei non può far nulla. Vada a casa, mi ascolti.»

L'uomo è stato premuroso, ma realistico nelle sue parole.

Beatrice assentisce, anche se poco convinta e s'incammina verso l'uscita. Ha bisogno veramente di un bagno caldo, di cambiarsi i vestiti... di allontanarsi per un po' da quel luogo di sofferenza, di trepidazione, di angoscia. Al solo pensiero, infatti, di dover perdere un altro figlio e di riprendere l'attività come se niente fosse, le sembra proprio da pazzi; vorrebbe sprofondare in una voragine per non risalire mai più.

In questi giorni il suo umore è altalenante, a volte la speranza le dà uno slancio in più per pervenire a un futuro appagante, altre volte lo scoramento le prospetta un vuoto dal quale sono escluse anche le persone più care.

Ma il senso del dovere soppianta ogni altra emozione o considerazione, ha anche la responsabilità di altri due figli che in questo periodo sembrano letteralmente abbandonati a sé stessi. Per fortuna c'è Rosaria, e lei benedice il giorno e l'ora in cui la giovane donna ha messo piede nella sua casa e nella sua vita: sempre presente, silenziosa e disponibile, affidabile e accorta, l'aiuto prezioso del quale non può più fare a meno.

La corriera è giunta in paese e lei trova nella piazzetta Pietro che l'aspetta col calesse.

Arrivata alla fattoria le sembra un altro

mondo, non riconosce più la sua realtà, ha ancora nelle narici l'odore pungente dell'antisettico e negli occhi le forme indefinite sui lettini sotto leggere coltri, tutte uguali, e nello spirito quella silenziosità di rumori attutiti, di sguardi comunicanti senza il peso delle parole.

«Come sta Antonio?»

Luigi e Caterina ansiosi scrutano il volto della madre, speranzosi di una risposta positiva.

Beatrice è vaga, guarda Rosaria e poi i figli:

«Dobbiamo pregare... pregare... pregare...»

* * * * *

Ha fatto appena in tempo a rinfrescarsi e cambiarsi che riceve la visita di Salafia, venuto a chiedere notizie di Antonio e nel contempo metterla al corrente della natura dell'incidente. Alle informazioni che le fornisce l'appuntato, la donna rimane senza parole. Quindi, un agguato realizzato proprio per ucciderlo! A chi aveva pestato i piedi suo figlio o a chi aveva fatto ombra da rendere indispensabile la sua morte? O era stato un avvertimento finito male? E se ci fosse lo zampino di quella carogna?

«Mi perdoni se mi permetto di farle alcune domande, signora. Ha qualche sospetto su chi potesse avere del rancore verso suo figlio?»

«No, mi dispiace. Antonio scinni al paese solo per portare i prodotti ai negozianti o va al mercato di Caltanissetta; un si 'lluntana mai da' fattoria.»

No, non frequenta nessuno e per quanto riguarda la sua vita di detenuto non ne hanno mai fatto cenno, sarebbe stato come rinnovare il passato. Soltanto quando lei andava a fargli visita gli chiedeva come si comportavano i suoi compagni di detenzione, se subiva offese o angherie, com'era il mangiare… queste cose così, ma nessun comportamento particolare né persone che gli fossero amiche o meno. E poi, Antonio aveva avuto poco tempo per fare amicizie o farsi delle inimicizie, studiava molto e i risultati sono stati sotto gli occhi di tutti: un bel diploma.

Tutto ciò naturalmente non aiuta Salafia nella ricerca della verità e si ritrova a brancolare nel buio, poiché non riesce a trovare un pretesto, un sospetto, qualcosa che possa ravvivare le indagini, arrivate a un punto morto.

«E che mi dice di suo marito Liborio? Può essersi voluto vendicare di lei...»

«Dopo più di cinque anni? Mi sembra difficile! Ma con quel vigliacco un si po' diri nenti né si po' mintiri la mano sul fuoco.»

«Neanche io penso sia probabile, anche se a volte la vendetta è un bicchiere colmo di fiele che si beve a piccoli sorsi... Antonio si mostrava ultimamente nervoso? Irrequieto? Temeva che gli accadesse qualcosa...?» s'interrompe, guardando Beatrice impallidire di colpo come se il sangue le fosse defluito tutto giù, lasciandole il viso bianco, cadaverico.

«Si, appuntà, ccu tuttu 'stu tranbusto, ho dimenticato una cosa importante...» e si allontana velocemente verso la stanza attigua.

Salafia la osserva incuriosito e quando la donna rientra con una busta in mano, lo spirito dello sbirro viene fuori e la curiosità si trasforma in ansia.

«Ha ragione, Antonio si scantava che gli potesse succedere qualcosa di spiacevole e mi detti 'sta busta da consegnare a lei personalmente qualora gli fosse successa daveru 'na disgrazia...» e gliela porge.

Salafia prende la busta come un assetato afferra una borraccia colma d'acqua.

«Grazie, signora Beatrice, sono sicuro che il suo contenuto chiarirà molte cose. Abbia fiducia, arriveremo alla verità.»

«Mi faccia sapere, per favore...»

«Stia certa!» e con una fretta quasi scortese, insolita in lui, si accomiata e si dirige verso l'uscita con passo rapido per l'ansia che lo divora.

Giunto in paese con la jeep, entra in caserma e difilato si chiude nel suo ufficio.

Seduto alla scrivania, apre la busta col batticuore di un fanciullo a cui abbiano fatto un regalo inaspettato e misterioso.

XXIV

Dal momento che ha in mano questa dichiarazione è segno che io sono morto, non di morte naturale, ma per mano di... lo scoprirà tra poco.

Sono consapevole - per una mia imprudenza - di avere le ore contate, ma a ben pensare non mi pento del mio operato, è il giusto castigo - e poi, forse inconsciamente l'ho desiderato - per cancellare il senso di colpa che mi divora ogni giorno di più.

L'unico rammarico è quello di non essere venuto direttamente da lei e confidarle di persona ciò che sto per comunicarle col presente scritto e probabilmente mi sarei evitato una fine tanto ingloriosa quanto inutile.

Ma proseguiamo con ordine.

Ho trascorso quasi tutto il periodo della detenzione in compagnia di un altro condannato per omicidio, un tale Carmelo Porta-

bene, un ometto simpatico e ciarliero, anche nel sonno; un ex ubriacone che ha condiviso con me non solo la cella ma anche un pericoloso segreto, che porterà luce su un avvenimento accaduto anni fa ai danni di un povero Cristo che abbiamo calunniato credendo avesse abbandonato la famiglia al suo destino, o meglio, nelle mani avide di due mafiosi lestofanti.

Mi spiego.

Carmelo Portabene è stato un accanito ubriacone (ora in carcere si è disintossicato) e, alcune sere, per non rincasare ubriaco fradicio (l'ultima sera in cui decise di rientrare uccise la moglie sotto l'effetto dell'alcool), si attardava spesso nelle campagne vicine, usando una bicicletta sgangherata, che per miracolo riusciva a guidare anche al buio, forse per un senso di orientamento molto spiccato o spinto dall'olfatto verso una data direzione attratto dai diversi odori caratteristici della campagna.

Sto divagando, mi scusi.

La contrada Polino, proprio la parte più vicina al paese, era la sua meta preferita, perché trovava asilo nei pagliai abbandonati dai pastori, oppure si acquattava nei pressi della roba dei fratelli Tringale, avendo scoperto, nei pressi del caseggiato, una rientranza simile a una bassa caverna, forse utilizzata, in tempi passati, come nascondiglio per merci di contrabbando o simile.

Una sera, il Portabene, non ricorda di quale giorno, da quel nascondiglio vide armeggiare tre figure, di cui una teneva una lanterna in mano per fare luce alle altre due che sostenevano da una parte all'altra un corpo inerte, che distesero sul terreno e avvolsero in una coperta. Riconobbe i fratelli Tringale e la terza figura che aveva sostenuto dai piedi il morto era niente di meno che quella carogna di mio zio Liborio che, prima di sposare mia madre, lavorava presso di loro come salariato fisso... e come complice.

Dopo essersi separato da mia madre è tornato a lavorare per loro, ad occupare la mansione ufficiale di lavoratore fisso e continuando quella ufficiosa e illegale che non ha tralasciato mai.

Apro una parentesi.

Per quanto riguarda i Tringale è nota la loro appartenenza alla mafia, solo le autorità ne sono all'oscuro o fanno finta di non sapere per un incomprensibile tornaconto (mi scusi, ogni regola ha la sua eccezione) o per amor di pace (naturalmente solo la loro); infatti, i due farabutti se ne stanno comodamente ad opprimere i poveri sventurati che cadono nelle loro grinfie, come gli esercenti e i proprietari dei poderi, senza che nessuno si ribelli, e Liborio è il loro esattore del pizzo.

Si spiega benissimo perché da noi non hanno preteso nulla, per cui ne siamo rimasti sempre all'oscuro.

Mio zio ha celato bene la sua natura e la sua attività illegale; il carcere come ben vede, è una grande fonte di informazioni.

Chiusa parentesi.

Liborio con una vanga scavò in prossimità del recinto, proprio sotto un alto olmo, una grande buca, dove gettarono il corpo del povero disgraziato e la ricolmarono di terra.

Naturalmente il posto è individuabile e quindi anche il corpo è recuperabile.

«Ora dda buttana di sò mugghieri sarà

costretta a cedere la terra, così avremo finalmente l'acqua in abbondanza, senza duman-
nalla a nuddu», disse uno dei fratelli.

Quando la buca fu ricoperta, la voce sghi-
gnazzante di Liborio Torrebianco (porta anche il mio nome, il farabutto) si alzò nitida nel
silenzio profondo:

«E accussì Alfio Privitera jè sistematu!»

Quindi avevano ucciso il povero Alfio per
impossessarsi del suo terreno, reso prezioso
per la presenza di una sorgente che faceva
loro gola, pensando di eliminarlo e poi to-
gliere per quattro soldi la proprietà alla giovane moglie.

La sfortuna del Privitera è stata quella di
essere confinante coi due malfattori.

La donna, Rosaria, come lei sa, lavora, da
quando è morto mio padre, presso la mia fattoria, per mantenere sé e la figlioletta, e rappresenta un valido aiuto per mia madre. Pertanto, durante tutto questo periodo la pove-
retta ha creduto di essere stata lasciata dal
marito, quando, in realtà, era, ed è, la sua vedova.

Ma in tutto ciò, lei si chiederà, che c'entro

io?

Già, c'entro per la mia stupidità e il mio carattere impulsivo e per aver fatto il suo gioco, cioè di Liborio; ma mi rincresce soprattutto per aver perso troppo tempo nel cercare vanamente e ingenuamente di escogitare trappole o facsimili per farli uscire allo scoperto.

Un paio di settimane fa sono sceso in paese, come di consueto, per consegnare alle salumerie la ricotta fresca e il formaggio. Uscendo da una di esse ho incrociato mio zio; ho cercato di frenare il ritmo veloce del mio cuore e ho tirato innanzi per evitarlo, ma lui mi ha apostrofato con tono strafottente. Le riporto fedelmente (mi scusi per il linguaggio scurrile) lo scontro verbale avuto con lui:

«Ehilà coglione, un si' saluta 'u ziu? Ti ficiru nesciri?»

(E pensare che da ragazzo scambiavo quella sua espressione arrogante per aria spavalda e nella mia ingenuità cercavo a volte di emularlo).

«Ti tagghiaru 'a lingua?»

Mi ha sfiorato la guancia con due dita

viscide accompagnando il gesto con un ghigno che gli ha scoperto i denti da lupo. Mi sono scansato a quel contatto come se si sprigionassero fiamme brucianti.

«*Comu sta tò ma'? Cu cciu cadìa ora 'u littu?*»

A quella provocazione mi si sono rimescolati tutti i sentimenti negativi che possono risiedere nell'animo umano.

«*Picca nn'hai di scialari, assassino tu e i tò du' cumpari... finirete al più presto unna jè 'u vustru pustu: 'n galera...!*»

«*Cchi vo' diri? Intanto 'a galera t'ha fattu tu!*»

È diventato livido in volto.

«*E voi ci morirete! Tra pizzu, soprusi e omicidi, non avete scampo...*»

Conscio troppo tardi di aver parlato troppo, gli ho girato le spalle e mi sono avviato verso il furgoncino, lasciandolo lì fermo con lo sguardo torvo e attonito.

«*Fatti i cazzi tò, si vo' campari!*» mi ha gridato dietro, mentre aprivo lo sportello, «*... 'a 'ntisu? ... Si un vo' finiri suttaterra!*»

«*Comu Alfio?*»

Ho chiuso lo sportello e ho acceso il motore.

Sono consapevole di aver firmato, in quel momento, la mia condanna a morte; l'impulsività mi ha tradito, ma l'allusione a mia madre è stata troppo per il mio carattere.

L'altro ieri sul cruscotto del camioncino parcheggiato nella piazzetta, dopo aver consegnato i miei prodotti, trovai un biglietto con le lettere ritagliate da un giornale:

"Chi parla troppo finisce con una pietra in bocca."

Naturalmente in una eventuale inchiesta o quant'altro, qualsiasi iniziativa lei vorrà prendere, desidero fermamente che il Portabene non venga menzionato, poiché già senza che gli assassini sappiano della sua esistenza, egli trema dalla paura di venire ucciso, convinto che in un modo o nell'altro vengano a conoscenza di aver avuto un testimone al loro delitto. Se ciò avvenisse la sua vita non varrebbe un soldo.

Lei è un uomo d'onore, appuntato, e faccio appello al suo onore: ufficialmente la sua esistenza deve essere ignorata; desidero che in santa pace termini di pagare il suo debito senza il terrore di essere eliminato.

Con le prove dirette del corpo sepolto nella loro proprietà e il mio omicidio (lei troverà sicuramente le prove) potrà inchiodare facilmente le tre canaglie.

Non altro.

Le chiedo solo di vegliare ogni tanto su mia madre e sui miei fratelli ancora adolescenti, che purtroppo stanno crescendo in un clima di odio, di dolore e di violenza.

Ossequi
Antonio Torrebianco

XXV

È trascorso solo un giorno da quando Beatrice ha lasciato l'ospedale e ora tornandovi si trova a salire le scale per raggiungere l'ultimo piano dove si trova il reparto di terapia intensiva.

L'agitazione per l'incertezza sulle condizioni di Antonio la spinge a fare quasi di corsa gli ultimi gradini.

È l'ora delle visite. Accostatasi al vetro divisorio con lo sguardo ansioso cerca il letto del figlio: è sempre lì, immobile, con tubi e tubicini, da un apparecchio accanto si intravvedono delle linee a zig-zag che oscillano, mentre il suo cuore lotta silenzioso e tenace contro ombre tenebrose e invisibili che vorrebbero sottrarre alla vita il suo giovane corpo.

Nulla ha valore per la madre in questo momento, la sua sfera emozionale ruota attorno a quel lettino, rotola, come il gioco che facevano da ragazzi, Antonio e Teresa, quando vi saltavano sopra e arrotolavano le lenzuola nascondendole sotto il letto. Sprazzi della loro infanzia, come manciate di ricordi, si depositano su quella leggera coltre di colore verde che copre la figura senza energia e senza calore del figlio. Un'infermiera entrata silenziosamente si accosta al capezzale di Antonio, osserva il suo monitor, poi si china su di lui; sembra soffiare sul suo viso mentre con una mano gli toglie il respiratore dalla bocca. Dopo alcuni secondi, si solleva e si allontana lentamente, dando, via via, un'occhiata distratta alla fila dei lettini posti ai lati dello stanzone.

Beatrice aguzza lo sguardo per guardare con più chiarezza la sagoma del figlio, chiedendosi incuriosita come mai quella infermiera abbia controllato soltanto lui.

Le sono accanto i parenti degli altri pazienti, e lei si gira a destra e a manca inquieta come se si aspettasse di vedere qualcuno che conosce. Non ha il tempo di riflettere né di approfondire, quando intorno ad Antonio avviene un susseguirsi di richiami, medici e infermieri che accorrono incredibilmente indaffarati a verificare più volte le condizioni del giovane.

"È morto!" pensa Beatrice. Poi, dopo minuti che sembrano ore, qualcuno dentro, dopo aver controllato ancora una volta il viso di Antonio, batte le mani, senza rumore; la madre tesa fino allo spasimo, vede solo il gesto... e il suo cuore si ferma. La mente è privata di qualsiasi logica, come una zucca svuotata. Chissà quanto tempo trascorre fino al momento in cui le arriva la voce di un medico che le si è accostato con premura e gentilezza.

«Si metta il camice, signora, può entrare a vedere suo figlio; solo per cinque minuti mi raccomando. Si è svegliato dal coma... sembra un miracolo, e muove le gambe e anche il busto, con molto sforzo, ma sembra che non ci sia alcuna lesione come sembrava in un primo tempo. Mai vista una cosa del genere. Si può affermare, senza ombra di dubbio, un ritorno alla vita in modo inspiegabile», e rientra scrollando il capo.

È lei o un automa la persona che entra dalla

porta scorrevole in quel mondo proibito fatto di sofferenza, di odori sgradevoli, di attese lunghe, di ansie rette dalla speranza?

«Mamà...» la mano del giovane cerca la sua e lei si china sul suo volto: le sembra di far parte di un sogno e teme di risvegliarsi bruscamente.

«Mamà...!» la cara voce ripete il richiamo che la riporta alla realtà sorprendente e prodigiosa.

«Cosa è successo?»

«Poi t''u cuntu, gioia mia, ora sta' quieto, il peggio è passato.»

Ritorna ad essere la madre forte, protettiva, efficiente.

«Mamà, ho sognato Teresa», Beatrice lo guarda perplessa, «... ho visto Teresa...» lui insiste.

Lei abbassa il capo non sapendo cosa rispondere, si sente soffocare.

«Era così luminosa che non potevo guardarla», parla con affanno, ma ha la forza di stringere la mano della madre, «era lei, mamà, ho sentito il suo profumo...»

«Ora riposati, cchiù tardu nni parrammu.»

«Si, sugnu stancu...»

Un ricordo molto lontano affiora alla mente di Beatrice: il sacerdote che veniva a dire messa quando lei bambina, con la mano stretta a quella della mamma, si recava nella rustica chiesetta di campagna, predicava che le vie del Signore sono infinite. E chi siamo noi per contraddirlo?

«Signora...» il primario la distoglie da quella dolce follia e l'accompagna verso l'uscita rivolgendosi a lei quasi confidenzialmente.

«Mi perdoni se con le mie previsioni le ho recato molta sofferenza; ma mi creda, quando le ho detto che la migliore fortuna per lui sarebbe stata la morte, è perché si pensava rimanesse paralizzato e la ferita alla testa avesse danneggiato il cervello. Ma è accaduto qualcosa di prodigioso che non ha spiegazione logica. Comunque, la degenza sarà lunga e dovrà sottoporsi a molta fisioterapia, ma è vivo e giovane, e si riprenderà. Ha il tempo dalla sua parte.»

Il primo pensiero di Beatrice è quello di raggiungere la cappelletta e ringraziare dal profondo del cuore la Madonna che ha sentito la sua disperazione e ora, si rende conto, non l'ha abbandonata un solo istante.

«I mà palori sono terra, Madre mia, ma hai letto nel mio cuore e mio figlio è tornato, come il tuo. Aiutami a ricomporre 'a mà famigghia, compresi quelli che sono con Te, ma che rimarranno sempre anche con me.»

Ora finalmente può tornare più tranquilla alla fattoria, riprenderne il controllo, in attesa del suo primogenito, e occuparsi degli altri due figli rimasti in pena. Antonio è in buone mani e quando tornerà a casa si farà una grande festa con tutti i vicini come non se ne siano mai viste.

XXVI

I giorni che seguono alla lettura della relazione di Antonio sono febbrili per le forze dell'ordine.

Due volte l'appuntato Salafia si reca nel capoluogo perché gli venga firmato il mandato di perquisizione per la *roba* dei Tringale, non può certo riferire la presenza del cadavere, però l'*odore di mafia* dovrebbe essere un lascia passare sicuro, invece, il giudice temporeggia perché le prove non sono sufficienti, addirittura non idonee, perché si basano soltanto su due comunissime parole: "Si dice", non vere prove concrete.

Salafia freme, perché teme che qualcosa possa trapelare e giungere alle orecchie dei fratelli e la prova decisiva del loro delitto sparire da un momento all'altro.

"Ecco perché", pensa amareggiato, "la mafia impera, giacché alla collusione con l'ambiente e i suoi abitanti si aggiungono anche i giudici imbelli."

Della lettera di Antonio non ne ha fatto cenno neanche al maresciallo temendo una fuga di notizie per quel suo carattere superficiale e poco riflessivo, per cui può venir fuori il nome del testimone, esponendolo così al pericolo di una sicura eliminazione. Anche correrebbe il rischio di fallire. E poi tradirebbe la fiducia di Antonio. Gli ha accennato soltanto i sospetti riguardante l'agguato ad Antonio e la necessità di perquisire la proprietà dei Tringale per appurare la loro appartenenza alla mafia e un loro coinvolgimento nell'attentato. Sa di rischiare grosso professionalmente, ma si consola pensando che la lettera del giovane è stata consegnata come privata e non come una denuncia formale al rappresentante della legge.

Finalmente dopo quasi una settimana ha tra le mani il magico documento che gli permetterà di mettere a ferro e fuoco (si fa per dire) tutta l'estensione del terreno dei Tringale, metro per metro; e il solo pensiero gli mette addosso un'euforia da fargli amare ancora di più la divisa che indossa, perché gli dà un certo potere sui delinquenti.

Ovviamente i resti del povero corpo vengono ritrovati: è irriconoscibile, soprattutto il viso è putrefatto ed è coperto da un cappuccio di juta sfilacciato per il contatto con il terreno, legato da uno spago stretto attorno al collo. Quindi, lo avevano soffocato dopo averlo stordito. Una morte atroce. In uno scantinato della casa trovano pistole e fucili non registrati e due tagliole utilizzate forse per le volpi che in quelle zone imperversano indisturbate.

I due fratelli vengono arrestati e in seguito viene loro contestato il reato di omicidio volontario ai danni del Privitera, occultamento di cadavere, associazione a delinquere di stampo mafioso e detenzione illegale di armi da fuoco.

Liborio Torrebianco, invece, viene arrestato per concorso in omicidio in danno di Alfio Privitera, collusione con la mafia con la funzione di esattore del *pizzo* e tentato omicidio ai danni di Antonio Torrebianco.

Naturalmente in paese si scatena il finimondo tra chiacchiere, illazioni, mormorii celati e questo durerà per mesi e mesi. Qualche vittima del pizzo esce debolmente allo scoperto nella speranza di tirare il fiato dopo anni di soprusi; ma la notizia che turba maggiormente ogni singolo paesano è il ritrovamento del cadavere del Privitera, che ingiustamente è stato per anni biasimato per aver abbandonato la famiglia improvvisamente e nessuno, neanche i rappresentanti della legge, ha sospettato che la sua repentina scomparsa potesse essere stata lupara bianca, un altro metodo mafioso per liberarsi di chi dà fastidio.

Così il Privitera resosi irreperibile e sparito nel nulla, torna dopo anni alla sua famiglia e alla sua comunità; torna con un sospiro di sollievo di chi lo ha conosciuto e di chi lo ha amato, per porre fine e cancellare una macchia disonorevole che, ahimè, ha coinvolto tutti i paesani.

Beatrice non crede alle proprie orecchie quando Rosaria le comunica il grande successo del blitz effettuato dai carabinieri nella *roba* dei Tringale e il ritrovamento del corpo di suo marito. Mentre parla, la giovane donna, ancora presa dall'emozione, non riesce a trattenere i singhiozzi che la scuotono tutta;

tuttora frastornata, incredula che l'impossibile si sia avverato.

«Mi rincresce tanto ppi tia, Sarì, almeno ora sai che tò maritu jè murtu e puoi onorare la sua memoria. Non era giusto credere chi jera un cattivo compagno, e anche Nelly po' ricordarsi di sò pa' con affetto.»

«Povera figghia mia! È cresciuta orfana senza sapiri che lo era veramente. Sulu ccà abbiamo trovato 'na famigghia e io ho condiviso i sò dulura e i sò cuntintizzi pirchì sono stati anche i miei, e ppi chistu non la lascerò mai, donna Beatrice...»

L'altra asseconda le sue parole con un lieve sorriso di condiscendenza.

«Basta parlarne adesso. Domani ci su' i funerali, priparati 'u cori ppi l'ultimo saluto.»

«Sì, ma chiedergli anche perdono per aver pensato male di iddu. Sono stata 'na mugghieri di poco conto, avissu dovuto smoviri mari e monti ppi circallu, ma haju statu 'na fimminedda di nenti, ora ccu vossia ho aperto gli occhi su tanti cosi...»

«Un ti jttari 'n terra, Sarì, quello che è successo nuddu 'u putiva prevedere!»

XXVII

Il funerale di Alfio Privitera avviene in forma solenne a spese del Comune.

Vi partecipa tutto il paese (forse perché ognuno si sente in colpa per averlo giudicato un mascalzone), dentro e fuori la chiesa, compresi i carabinieri e i loro superiori, gli artefici della brillante operazione, che ha ridato un po' di fiducia verso le istituzioni da parte del popolo.

Naturalmente Beatrice sta accanto a Rosaria e con una lucidità quasi masochista fa la conta dei funerali che l'hanno vista presente in prima fila.

"Dio! Quando si spezzerà questa catena di violenza?"

Qualche giorno dopo Beatrice riceve la visita di Salafia e lo mette al corrente della prodigiosa ripresa di Antonio, mentre lui l'aggiorna sugli ultimi sviluppi dell'inchiesta giudiziaria contro i tre indiziati, coi capi d'accusa a loro contestati.

L'appuntato esprime la sua gratitudine nei riguardi di Antonio per il ruolo decisivo che ha avuto nell'aver dato la possibilità di trovare e produrre le prove della colpevolezza dei fratelli e la complicità del Torrebianco al fine di poterli inchiodare dinanzi alla legge. Al marito e cognato di Beatrice viene contestato inoltre il tentato omicidio ai danni del nipote, avvalorato anche dal ritrovamento dell'arma in casa sua.

«Allora, è stato davvero lui a sparare a ma' figghiu?»

«Non ci sono dubbi. Se siano stati i due fratelli i mandanti e lui l'esecutore o sia stata una sua iniziativa, non lo sapremo mai. Ma per fortuna il risultato non cambia. Anche se alcuni elementi non possono essere divulgati, lo scopo è stato raggiunto.»

«Mi sintu cchiù tranquilla che Antonio non sia ancora tornato, non voglio che viva 'sti jorna di attesa e di trepidazione; si sta riprendendo bene e tutti 'sti discursa lo turberebbero. Quando ci vediamo un parrammu mai di 'sta vicenda. Ma ora che mi torna in mente: ppi chissu dda carogna non tollerava 'a presenza di Rosaria! La sua vista lo infastidiva perché guardandola gli tornava in mente l'omicidio commesso ai danni del suo povero marito 'nsemmula all'atri du' delinquenti! Ppi 'sti malvagi 'a vita umana non ha valore...»

«Ha perfettamente ragione, senza questi delinquenti il mondo sarebbe più vivibile; depurato dalle scorie, direi. Ma per lei, signora Beatrice, adesso il cerchio si chiude e la sua famiglia tornerà a vivere.»

Beatrice lo interrompe puntando su di lui gli occhi fiammeggianti.

«No, appuntato. Il cerchio si chiuderà quannu vedrò marcire ppi sempri 'n galera dda carogna con l'augurio che le sue malefatte possano venirgli ogni notte a tormentargli il sonno finu a quannu mori.»

XXVIII

Il procedimento contro i tre si presenta alquanto interessante sia per la natura dei reati contestati sia per il coinvolgimento di persone ben conosciute in paese.

Naturalmente tutto ciò suscita, ancora una volta, il solito scalpore e l'interesse della gente a soddisfare la propria curiosità, ma anche la sua pietà e senso di giustizia nei riguardi delle vittime, soprattutto se queste sono componenti di quella parte del popolo umile e rispettabile che lavora onestamente nel rispetto degli altri senza prevaricazione o prepotenza.

Rosaria, su consiglio della sua datrice di lavoro, si è costituita parte civile, non solo per essere stata brutalmente privata del marito e padre di sua figlia, ma anche per la proprietà che le venne estorta con l'inganno.

L'incarico viene dato all'avvocato Mariani, di cui già Beatrice apprezza il lato umano e professionale e può anche contare su di lui per una parcella meno onerosa rispetto a quella che normalmente pretendono i suoi colleghi.

«Vugghiu sulu giustizia, pirchì mà maritu non tornerà cchiù!» e lacrime di dolore e di rimpianto scendono giù a rigare le gote arrossate di Rosaria.

«Pagheranno! 'A liggi arriva tardi, ma quannu 'rriva jè pesanti!» cerca di consolarla Beatrice, comprendendo in pieno lo stato d'animo e lo stordimento della giovane, la cui vita è stata stravolta dalla ingordigia dei due farabutti.

Il processo fila liscio come l'olio, anche se i due avvocati della difesa, venuti da Palermo, cercano in tutti i modi di dimostrare l'estraneità dei loro clienti ai reati così evidenti da rendere il dibattito quasi una partita a scacchi con le pedine che si spostano avanti e indietro come se non trovassero una loro collocazione definitiva.

Intanto le testimonianze di estorsione mettono in luce un largo giro molto redditizio nel controllo di tutti i mercati della provincia, costringendo con intimidazioni e ricatti i fruttivendoli a comprare i loro prodotti e quelli dei loro associati.

Col suo intervento l'avvocato Mariani pone in evidenza le motivazioni efferate che spinsero i due al delitto, aiutati dal loro fedele tirapiedi: impadronirsi della terra del vicino perché più fertile e ricca di acqua, dal momento che questi non aveva voluto cedergliela a nessun prezzo.

Nell'istante in cui la vedova sale sul banco dei testimoni, invitata dal suo avvocato, un mormorio di compassione si diffonde tra i presenti e si evince dai loro volti l'indignazione e la ribellione che provano contro la scelleratezza dei tre imputati.

* * * * *

È giunto il giorno della sentenza.

Le persone di ogni ceto sociale, soprattutto i popolani, si sono riversate nell'aula del tribunale con un interesse particolare che va al di là della curiosità: è stato un processo in difesa dell'onestà e della rettitudine contro la prepotenza, i soprusi e l'omicidio; contro chi si ritiene arbitro della sorte dei più deboli; e in tutto ciò il popolo si sente coinvolto, perché conosce bene questi aspetti che sono il suo pane quotidiano nella vita ordinaria.

Le sedie e le panche sono tutte occupate, e molti, vicino all'ingresso, premono provando ad avanzare per la curiosità di guardare in faccia gli imputati.

Si alza un brusio di impazienza soprattutto fra quelli all'impiedi.

L'aria è quasi irrespirabile.

Fuori dalla calca, in disparte, addossato al muro e appoggiato ad una stampella, sta un giovane con la testa china e incurante di tutto ciò che lo circonda. Il suo atteggiamento distaccato non fa trapelare il tumulto che avviene dentro di sé, come se il sangue circolasse a cento all'ora su una strada con strette curve e numerose buche.

Rifiuta educatamente il gentile invito di un anziano, seduto stretto agli altri su una panca, che gli vuole offrire il suo posto. Antonio non vede l'ora che tutto inizi e finisca, per scrivere l'ultimo atto conclusivo di questa tragedia vissuta in prima persona e che rimarrà per sempre mancante dell'unico anello di congiunzione tra la terra e il cielo.

Egli è venuto in pullman senza avvertire sua madre che lo aspetta per l'indomani, ma non poteva mancare, perché questo rappresenta il giorno della sua vittoria e quella di Teresa o della loro sconfitta.

Quando il cancelliere suona il campanello ed entra la corte, un brivido sembra levarsi dal pubblico nel silenzio immediato in cui piomba l'intera aula.

Dopo una sfilza di reati, infatti, i capi d'accusa sono stati riconosciuti in toto dalla corte, la voce del giudice si alza di tono e guardando ora gli imputati in gabbia ora il pubblico in ansiosa attesa, pronuncia:

«... riconosciuti colpevoli Tringale Antonino e Tringale Salvatore, vengono condannati all'ergastolo e in isolamento per i primi cinque anni, da scontare nel penitenziario di ... nonché alla confisca dei beni. Ordina, inoltre, che la parte della proprietà appartenente all'antico proprietario Alfio Privitera, venga restituita alla vedova insieme a una somma pari al valore del suddetto appezzamento di terra, comprese le migliorie effettuate, come indennizzo...»

Una pausa.

Il pubblico trattiene il respiro, poiché non è ancora finita. Infatti, dopo la solita lunga premessa, il giudice entra nel vivo dell'altra sentenza.

«... Liborio Torrebianco, per i reati di concorso in omicidio ai danni di Alfio Privitera, collusione con la mafia come esattore del pizzo e tentato omicidio in danno di Antonio Torrebianco, viene condannato a trenta anni di reclusione da scontare nelle carceri circondariali di... senza condizionale.»

Il respiro a lungo trattenuto esplode in un fragoroso applauso che rappresenta il segno tangibile dell'approvazione e la partecipazione degli astanti a un verdetto condiviso e considerato equo e meritevole.

La giustizia ha prevalso per tutto quello che è stato evidenziato e per quello che non si è potuto rivelare.

Una sentenza, in definitiva, coraggiosa, in

cui sembra che tutto sia già stato scritto, senza compromessi, seguendo una linea obiettiva e orientata verso una giusta punizione.

Antonio si fa strada tra la folla che lo spinge verso l'uscita.

Si è rasserenato, ma ha lo sguardo velato dalle lacrime trattenute che gli bruciano insistentemente l'incavo degli occhi.

"Teresa, giustizia è stata fatta. Rimango io il solo colpevole."

XXIX

Beatrice, seduta pigramente sulla dondola sotto la *ppinnata* della sua casa, attende.

In apparenza rilassata e tranquilla (la vita le ha insegnato a tenere a freno le emozioni), è invece tesa, tutte le fibre del suo corpo sembrano irrigidite: è in attesa dell'appuntato Salafia che verrà a riferirle l'esito del processo contro quella carogna e i suoi padroni.

Cerca di mantenere la mente sgombra da qualsiasi pensiero che possa distrarla dalla concentrazione sull'unica parola che abbia la capacità di contenere il suo odio profondo: condannato.

"Con quale abietta spregiudicatezza ha potuto sparare al nipote che ha visto crescere e al quale sembrava legato, almeno negli anni della sua infanzia? Come è arrivato a tale profondità dell'abisso?"

È vero che l'animo umano è il mistero più

insondabile alla portata della mente, ma anche nella realizzazione di una nefandezza c'è un limite che non dovrebbe, per legge naturale, essere trasceso.

"Chi l'avrebbe mai potuto supporre?" si chiede ancora una volta Beatrice.

Per sua stessa fortuna, risparmiandosi un enorme dolore, la suocera è morta anni addietro, e anche se è stata l'involontaria artefice delle sue sventure, iniziate col secondo matrimonio, non prova rancore, ha amato lei e i suoi figli, e poi è stata anche la madre di Giovanni!

Chiude gli occhi, lascia che la mente vagheggi perduta nell'oblio; è un contenitore smisurato la mente e lei non riesce ad arginare la folla dei ricordi che vi fluttuano all'interno: gli anni felici vissuti con Giovanni (ah, se potesse fermare un solo attimo e portarlo al presente!), la nascita dei ragazzi e le stanze che aumentavano insieme a loro. "È stata fatta a rate questa casa", come sovente lei ribadiva sorridendo orgogliosa al marito, e anche ora si sorprende, al ricordo, a sorridere tra sé.

Belle rate spensierate!

Sembra ieri e invece sono trascorsi tanti anni, tra luci e ombre... pensa ai suoi figli piccoli, poi adolescenti, poi ragazzi... e poi, basta!

La mente ha tanti occhi che non guardano soltanto dinanzi a sé, ma ruotano come sfere luccicanti sfiorando le varie fasi di uno scorrere ora lento... ora rapido... ora impervio...

«Signora Beatrice...» una voce affabile spezza quel filo che l'ha connessa, suo malgrado e contro la sua volontà, a rivivere tempi diversi e tutti appartenenti alla sua vita.

Ha un lieve sussulto, poiché non ha sentito il rumore della camionetta giungere, presa dalle sue elucubrazioni.

Apre gli occhi e li fissa costernati ma fermi sull'uomo in divisa che le sta di fronte.

Attimi lunghi di silenzio così ingombranti da produrre un fischio alle orecchie.

Perché non parla?

Alfine, dopo averla sfiorata col suo sguardo pulito e riguardoso, accompagnato da un largo sorriso, l'uomo prorompe tutto d'un tratto:

«Trent'anni!» e il sorriso si trasforma in

una sonora risata che gli spiana il viso di uomo buono e giusto.

«Trent'anni! Ha capito?», le ripete, temendo che non abbia compreso, «condannato a trent'anni...»

La donna sembra annichilita e le mancano le forze per rispondere.

Infine si alza e appoggiandosi al pilastro della tettoia, temendo di barcollare, alza lo sguardo verso il cielo: «Dio, hai ascoltato la mia preghiera!»

Dopo qualche attimo riprende agguerrita.

«Anche se ppi tuttu 'u mali ch'ha fattu meriterebbe 'u carciri a vita e jttari 'a chiavi luntanu... ma non si può avere tutto nella vita!»

«Finalmente giustizia per tutti: per Antonio, per lei, per la giovane Teresa... Anche se lei, signora, non me ne ha mai fatto cenno, ho capito l'azione spregevole commessa da quell'uomo, per la quale il fratello voleva farsi giustizia da sé. Ma la giustizia è giunta lo stesso; è costata tanta sofferenza, ma ha posto il suo sigillo definitivo.»

Salafia la scruta benevolmente con grande ammirazione: è una donna che ha in sé tanta di quella forza e di quel coraggio da non esserne consapevole, perché fa parte della sua stessa natura. Dopo la morte di due persone care, morte violenta e traumatica, e l'esperienza penosa dell'altro figlio, vivo per miracolo, è ancora all'impiedi, battagliera e determinata, due doti che le daranno la giusta motivazione per rimanere al suo posto di combattimento, come un'eroina d'altri tempi...

Mentre lui fa queste considerazioni, Beatrice si distrae, poiché segue un suo pensiero da lei stessa considerato gretto e malevolo, ma non se ne vergogna.

Si volge allora verso l'orizzonte con un luccichio strano e beffardo negli occhi che riflette quel pensiero che l'ha distratta e con voce tagliente bisbiglia:

«Ora, stricati muru muru, maiale fetente!»

L'appuntato non comprende né le parole né il tono strano della donna e la fissa attonito.

«Appuntà, adesso sì che possiamo affermare: il cerchio si è chiuso!»

E proprio in quell'attimo una figura zoppicante appare alla sua vista: il sorriso che le illumina il volto è la prova tangibile che la gioia sta per tornare nella sua casa e che la vita comincia a riprendere il suo ritmo.

Luigi e Caterina, venuti fuori dalla porta sul retro della cucina, accorrono ad accogliere il fratello facendo balzi di felicità.

Salafia partecipa intimamente a questa esplosione di letizia ritrovata e si congeda con discrezione, mentre lungo il viale, incontrando Antonio, lo saluta con un amichevole gesto della mano.

«Ma non dovevi essere in uscita domani?»

Beatrice con passo spedito raggiunge il figlio.

«E mi sarei perso le dolci parole del giudice leggendo la sentenza?» e stringe a sé la madre con impeto, lasciando cadere a terra la stampella, che Luigi subito raccoglie facendo la parodia al fratello.

Tra le braccia del figlio, un amaro interrogativo, seguito da un accorato moto di ribellione, come un inconscio senso di colpa, s'insinua con lentezza, ma con insistenza, nell'angolo più remoto, non certo meno doloroso, dell'anima di Beatrice.

"Ma era proprio indispensabile che venisse

immolata una innocente, per un ritorno alla normalità e a una serenità ritrovata?"

Ringraziamenti

Un grazie va ai cari amici Diego Aleo, Totò Licata, Mariella Flammà e Gino Strazzanti, ognuno secondo il proprio ruolo, senza il cui aiuto questo libro non avrebbe visto la luce.

Un ringraziamento particolare alla mia amica Santina Rapisarda per il suo impegno profuso nella realizzazione di un pregevole disegno eseguito per la copertina, ma che, purtroppo, per motivi pratici non si è potuto utilizzare.

INDICE

PARTE PRIMA

PARTE SECONDA

Finito di stampare
nel mese di aprile 2022

Printed in Great Britain
by Amazon

82342698R00120